JN205528

暁の瞬光

西城篁次

郁朋社

暁の瞬光／目次

装丁／宮田麻希

第一部　土蔵の中へ

ささやかな我が家の経験。それは他の人にとっては退屈な話かもしれません。奇想天外のストーリー展開もなく、面白さも派手さもなく、強さも美しさも少なく、ひたすら泥臭いだけ。手で触れるとすぐに消え去ってしまうほど柔らかく軽いものかもしれません。

しかしそれは我が家の明日にとって、最も大切なものを育んでくれました。この話は、それをもたらしてくれた物語です。


—


……夕方、とある町の蔵の前に立ち、分厚い扉のすき間から中を覗き込むと、うす暗い天井を支える「へ」の字型の丸太梁が横に五列、それらを支える人の胴ほどもある大棟柱が見通せる。その奥はいっそう暗さを増し、まるで鬼人が居座っていそうな空間だった。

許可をもらっていたので勇気を出し、体を斜にして一歩踏み込むと、埃の粒子が騒めくように空中に舞い上がり、見上げると、ちょうど小窓から白光が、塵を刃で切り裂くように斜め下方に向かって伸び切っている。しだいに目が慣れてくると、幾多の物品がドドメ色の大きなシルエットになり、静かに浮かび上がってきた。

これ幸いと踏み込むと、所々雑然と積み上げられた木箱、馬用のくたびれた農具類、放り置かれた紙の包み等に行く手をいっそう遮ぎられるしまつ。それらを脇に寄せ、ポケットからねじり出した小型のＬＥＤライトで前方を照らした。よろめきながら進むと、何やらペタッと眼鏡のレンズにはり付く物がある。蜘蛛の糸だ。慌てて首に巻いたタオルの端で拭き取っていると、目線の奥の棚に、ボーッとそれが見える。右足を前に出し、「ギギッ」と床板を踏みしめたとたん、いきなり左肩をムンズと鷲掴みにされた。鬼人かと思い肩越しに振り返ると、節くれだった隆伯父の手だった。小刀のような鋭い目が光る。

「手を触れるな！　あれには……」

「どうしてだべ？」

優しい伯父の豹変に驚きつつ訊くと、今度はかすれ声で哀願された。

「声を荒げてすまん……、そっと静かに安置するように、との言い伝えだべ」

「言い伝え……、神仏か何かだべか？」

「……」

それまで気にならなかった身のまわりの湿った空気と、強烈なカビの匂いが、急に鼻についてくる。紙マスクを左指先で摘まみ上げ、両手でしっかりと押しつけて、気分を落ち着かせた。が、抑え切れない思いが、喉の奥から飛礫（つぶて）のように飛び出してくる。

「た、祟りでもあるんだべか？」

上ずった言葉が、そこにいる全員の呼吸を止めた。

瞬時に、一族の血が心の中に湧き上がってきた。なぜか舌がもつれ、喉も心なしか乾いてくる。

隆伯父は、漠然と天井を見上げながら、

「別にそんなことは聞いてないべや……、わしも二年ぐらい前までは、けっこう整理もしたんだが、最近は体の調子が良くないもんで、そのまま入れっぱなしになっているんだ」

戸惑いながらそう言うと、古びた野球帽をとり、小指で白髪頭を掻き始める。

「ご先祖様がこの蝦夷地（えぞち）に移る以前からの物じゃき……」

後ろにいた妻の真紀は、片眉を引き上げ不安気に、じっと私達を見つめている。

伯母、春乃がいつの間にか私の脇にすり寄ると、畏敬するようにつぶやいた。

「……私もそう聞いたことがあるわ」従妹の良子もうなずく。

その場で目を細め熟視すると、何やら三尺箱に入っている物に見える。それも半分崩れ落ち、セピア色の布か紙に包まれた中身が、一部露出しているようだ。

「もし、神仏ならこんな所に置いていては、罰が当たるべさ」

私は何気なさを装いながら、内心気色の悪い物に感じていた。

「とにかく、今日と明日で蔵の様子を確認して、整理の仕方を考えましょう」

春乃伯母の穏やかな言葉で、ようやく座が静まった。

すぐに下見の仕事を再開した。どうせ大方はガラクタに違いないと思い、軍手をはめた手で、雑物を脇に寄せ道を確保した。とにかく一番奥を目指した。時折咳き込んでいると、後ろから真紀が新しいマスクを差し出してくれる。

「ありがとう」と、後ろを見ると、その物体が左奥からまだ私を見ている。

その後蔵の備品をカメラで撮ったり、収納物のメモを取ったり、廃棄する物を決めて、その日は暮れた。

夜、隆伯父の家に泊まったがなかなか寝つかれない。もちろん例の物体である。蚊帳の張った天井を見つめながら、一人じっと考え続けていると、タイミングを合わせるように、真紀のため息が聞こえる。

「考えているのか」と小声で聞くと、静かにうなずく動作が伝わってくる。

その夜は暗黙の了解――明日の再調査の実施――のまま、寝入ってしまった……。


そもそも私と妻真紀が、総本家の蔵整理をする羽目になったのには、ちょっとした訳があった。

私は勅使川原(てしがわら)功次郎。公務員を数年早くリタイァして、東京の自宅でくつろぐつもりだった。退職直後は、あれもこれもやるぞと息巻いて、片手では数え切れないほどの意欲があったものだった。

しかし陶芸もセンスなし、絵も同様、写真の腕も、尺八演奏も推して知るべし、運動ジムもすぐに飽きてしまった。下手の横好きを自覚せざるを得ず、駅前のカルチャーセンターを儲けさせるだけで終わっている。今じゃビルに出入りするのも小恥ずかしい。

冷静に考えてみれば、昔より芸術科目はまるでだめ、運動も関節が極端にかたく、駆けっこが少々のはずだった。人間そう簡単に変われるものではない、と思い知らされている。今朝も、食卓椅子に横座りのまま、手の甲に散らばった小ジワと茶色のシミをじっと目で追っている。全く爺の手だ、いつの間に、とため息をつく毎日である。

現在はサンデー毎日の日々である。自ずと家族の視線も次第に厳しいものになってきている。

人は言うだろう。サンデー毎日の身分で、何を贅沢な。日々の生活費を得るために、老後の身にムチ打ち、わずかな金銭を得る身にも成ってみろ！

いやいや、違うのだ。人間にとって最大の拷問は、無気力と退屈の砂漠の中に、放り出された時なのだ。かと言って、まだ死にたくはない。何かにすがってでも生き続けたい。この矛盾したヤワな精神のまま、夜に砂漠の荒野を這いずりまわるグロテスクなトカゲのような己だ。ズルズルと腹を曳きずりながら、まるで生きた粗大ゴミか？　以来それはトラウマとなりつつある。家族の視線が何より怖いのだ。残りの人生をどう生きるのか、不安で押しつぶされそうになってくるのだ。

そんな単調な時間の中、忘れたはずの昔のこともやたら浮かんでくる。そう、子どもの頃の失敗や成功、どうでもいいことばかりが。

……我が家には奇妙な慣習が伝わっていた。次男は○兵衛と命名するというものである。なぜ長男ではなく次男が……、

喜兵衛、吉兵衛、木兵衛、作兵衛……、数え上げればきりがない。中には猿兵衛、寅兵衛、助兵衛なんてつわ者もいる。さらに厄介なことに、そのイワレを誰も知らないのだ。いつ頃から始まったのか、さえ伝わっていない。実に不思議で滑稽な話ではある。

私は次男、功次郎。余りカッコ良い呼び名ではないが、当初の名よりマシだろう。確か○兵衛とか言ったが、思い出したくもない。小学校入学時に改名してもらった。からかいにあったら大変だ、との隆伯父さんの支援もあり、無事今の名前になった。もちろん私自身の強い意志があったことは言うまでもない。

単なる惰性ならば、さっさと捨てればいい。そんな訳で、私は勇敢な先駆けとなった。今でも全く後悔はしていない。正しいと思っている。

……ところがこの初老トラウマ男に、蔵整理という柄にもない出来事が降りかかってきた。半年前のこと。

朝、居間のソファーで新聞を見ていると、真紀が流しから何やら言っている。

「ちょっとあなた」

「皿洗い、手伝おうか？」一見、軽い調子で応える。

肩に不自然な力を入れたまま身を起こすと、別件だった。

「そろそろ、実家の家の後片付けをしたら……。若くて元気なのはあなたぐらいなんだから。先週、北海道の市役所から葉書も届いていたじゃない……」

「ぼろ屋を片付けて、更地にでもするのか。固定資産税が六倍に跳ね上がるぞ。それでもいいのかな」

半身の体から、再びソファに腰をおとして答えた。

「だって、五十年前の家よ。いつ古家が潰れても不思議じゃないわよ。近所の人達、はた迷惑よ。お化け屋敷になっているわ、きっと……」

「お化け屋敷か、うまいことを言うものだ」

自嘲気味に笑うと、一転、真紀の鋭い声が飛んできた。

「何言ってるのよ。事故でも起きたら、直ぐに訴えられるわよ！」

「確かにそんな時代だ。事が起きてからでは遅いかもなぁ……」

読みかけの新聞を折りたたみながら言うと、

「当然よ！」と、真紀は水の滴る手で、わざわざ居間まで言い寄ってきた。

「分かったよ。何とかしよう。それよりタオル」

そんな訳で、退職後の重い腰を上げ動き始めることにした。

まず実家のある北海道の市役所に電話をして、古い家屋の処理方法を確認してみた。案の定、一日で片付く仕事ではなかった。

「当たり前でしょう。もう四十年以上空き家として放っておいたんですからね。所詮、私は他家から来た者ですから、遠慮をしてはいましたが……」

エプロンで手を拭きながら大げさなため息でまた言いに来る。いつの間にか同居人の高校生、美波まで肩を左右に振りながら、怒り顔で加担する。

「お爺ちゃん、退職してからもゴロゴロじゃ、認知症が始まるじゃん。世話するのは私達なんですからね。自覚あるの、微レ存ね全く……。爺は万事ぬるいのよねぇ……」

「びれぞんって、何だ？」

「意識がわずか、ということ！」

そんなことも……と、いった顔をされるしまつ。若者からも疎んじられ、一層己を失いかけてくる。

「……ぬるいかぁ……」。うまいことを言うものだ、と自嘲せざるを得ない。

美波はソファの隣で腕組をし、まだジッと上から目線で睨み続けている。全く祖母真紀・母親孝子とそっくりだ。女人親子三代の血だ。私はそっと起き上がり、上の書斎に逃げ出そうとしたが、さらに追い打ちがくる。

「爺、今年のサラリーマン川柳の大賞知っている？」

「えっ、何だったかな」階段の手すりを握ったまま後ろを振り向くと、

「退職金、貰った途端、妻ドローン」

「ああ、思い出したよ。昨日テレビで見たよ」

「今はまだ大丈夫だけど、テンション上げてね。私だって分からないわよ」

冷静を装って、何とか二階の名ばかりの書斎に逃げ込んだ。

孫、美波は、R大学付属東京高校二年、実家が娘孝子の任地松本なので、我が家で預かっている。食費と住宅費はもちろん無料である。学費の一部と小遣い稼ぎのため、コーヒーチェーン店でアルバイトをしている。日々化粧が濃くなってくるのが心配であるが、娘孝子一人の稼ぎでは、私立校の学費もきついので仕方がない。孝子は長野県松本市の母校R大学の史学科の研究所にいる。

二

数日後、私は真紀と北海道の千歳空港に降り立っていた。

火山灰土の勇払原野を吹き渡る風が、あの埃っぽさと草いきれで、たちまち全身を包み込んでくる。子供の頃の数々の想いが一気に湧き上がってきた。

「久し振りに訪ねた初夏の故郷は爽快だなぁ、樽前(たるまえ)の山々もきれいだ」

淡い鮮やかな新緑をたたえたシルエットが、高等学校の校歌と共に思い出された。

「あの麓辺りに、高校時代キャンプをした支笏(しこつ)湖があるはずだ」

両手を広げ背伸びをしながら一人まくし立てると、

「もっと早く来れば良かったのに……」と、真紀はつぶやいた。

「もっともだ。どうして故郷は落ち着くんだべ」

何を今更と、真紀は呆れ顔で言い切った。

「それが故郷、故郷というものなのよ」

訳の分からない説明を聞きながら、飛行場で借りたレンタカーに、二人で乗り込んだ。千歳空港ビルで買った東京土産を、真紀は両手にしっかり抱え込んでいる。

アクセルをゆっくりと踏み込むと、車は飛行場のある高台から、原野を貫く国道に向かって、大きく左へ曲がるカーブを降りていく。木々の枝葉が所々道端に顔を出すが、必死になって左右にハンドルを切り、ようやく広い国道に出た。そこを左折して四車線の信号機のほとんどない国道を、一直線に札幌方面へ走る。そのまま春乃伯母の家に向かい、そこで宿泊した。


翌日から一気に忙しくなる。早朝七時頃、真紀とレンタカーで実家のあったY市に向かった。炭鉱が閉山してから、四十年は経っている。内陸に続く、雑木に覆われた低い山々が現れ、波のうねりのように離れては重なる奥地に、小さな車は、吸い込まれるように走った。二時間後、ようやく目的の町に着く。

「え……！」

私は口を開け、言葉を失ってしまった。

そこは盆地の底にあり、晴天なのに何故かくすんだ灰色の空気に押し固められていた。狭い低地を縦貫する大通りは、歩く人影もまばらだった。今の地方都市ではよく見られるが、それにしても閑散とし過ぎている。ひと気もほとんどない。

「子供の頃、あんなに広く感じられた大通りが、こんなに細かったのか……」

懐かしい商店街も、営業は数軒だけ……。見知らぬ店舗のほとんどは赤さびたシャッターで閉じられ、駄菓子屋も名物の『ぱんじゅう屋』も面影すらない。

「過疎地のお決まりの景色ね……」

真紀が、無遠慮に言ってくる。

「黙れよ！」

なぜか腹立たしい寂しさが、一気に込み上げてくる。

なだらかな坂道を上り、私鉄Y鉄道駅舎に行ってみた。ドーム屋根を持った洒落た改札口や小さなコンコードは残っていたが、狭い内部は古布団やごみの山だった。ホームレスの生活痕だけが残っている。ホームに出てみると、廃線となった二本の鉄路はグニャリと歪み、名前も分からない雑草に行く手を覆い隠されていた。

「こんなにひどいとは……」

車の中に逃げ込むと、ハンドルを握る手が自然と強ばってくる。

かつてここは、谷底の市街地に連なるなだらかな丘いっぱいに、炭住が規則正しく並び、夜には家々の灯りがクリスマスツリーのように美しく輝く街だった。

今は朽ちかけた長屋が点在し、遠目でも分かる雑草に覆われている。

いつしか故郷への郷愁など吹き飛んでいた。

「ここは何処なんだ。あの街は、あの人混みは、どこへ消えたんだ……」

「いつまで面影に浸っているのよ。運転代わりましょうか」

「いや」と気の抜けた返事が口から出る。

「疲れた顔ね。運転大丈夫。先に家の様子を見ていく？」

真紀が顔を下から覗き込むように言ってくる。

「いや、いいよ……」

ファっと腰の浮いたような気分で、アクセルを踏むと、三十分で役所に着いた。

急ぎ足で窓口に行き、訪れた理由と要件を言った。兄弟から預かってきた、実印を押した書類を提出し、指示された数か所の部署を回ると、半日で終わってしまった。その後、名産のメロンを買って、飛ぶように春乃伯母の家へ帰っていった。

夜には、伯母との昔話に花が咲いた。

「実家の処理、意外に早く終わって良かったでしょ」

「本当に良かったわ。でもあんなに小さかったんだね」

「そうねぇ、あなたの父親が物置を改造して、畳を敷けるようにしたしょ」

「そうだったんだ」

「あなたは末っ子で、まだ生まれたばかりのゼロ歳よ。知る訳ないしょ」

「確かに。……でも十歳までいた家だべ、間違いなく生家でしょ、俺には」

少し背伸びして言った。やはりこの地は幼い思い出の詰まった古里なんだ。

「あなたの父はシベリアの抑留から帰ってきてから、四年後に越してきたべ。当時の私の家を頼ったんだ。あの頃は、経済的にもどん底の時よ、みんなが貧しかったよ」

話は、私の小学生の頃にも及んだ。

「それに、消防署の横の空き地で、ほら夏休みになるとラジオ体操に行ったしょ」

「眠くて、遅刻してべそをかいたこともなぁ……」

懐かしい会話が、私の心に次第に弾みを与えてくれる。そばで真紀が嬉しそうに聞きながら、皆にお茶を継ぎたしてくれる。

その時春乃伯母が、ハタッと膝を叩きながら意外なことを言い出した。

「予定が早く終わったんだから、本家の『蔵』の後片付けに行ってみるべか?」

「本家?」

「そう、Y郡の農村地帯にあるK町なんだけど」

「初めて聞くねぇ」

私はキョトンとして、真紀に顔を向けた。

「昔は大地主だったしょ。お爺ちゃんの父親という人、つまり曾祖父は、明治の北海道開拓に尽力して、町の功労者の一人として表彰されてるべゃ」

「あぁ、それって何だか聞いたことがあるべなぁ。明治百年の年に、町で出した記念アルバムに載っているとか……」

「そうなのよ」

　春乃伯母が微笑み、身振り手振りで話すのを、真紀がここぞと口を開く。

「ご苦労されたんでしょうね」

「屯田兵（とんでんへい）、知ってるべか？」

「名を聞いたことはありますが……」

「武士階級で、維新で食えなくなった人達が、新天地を求めて北海道の開拓と警備に来たのよ。下級武士だけどね……」

「俺も聞いたことがあるべ。殿様が佐幕派についたばかりに、領地を取り上げられ、未開の荒れ地、北海道に移住せざるを得なくなった、と……」

　本家の人も微笑みながら、つけ加える。

「そうそう、あんたのお父さん智幸、私の弟だけど、伊達様が……なんて言ったことなかったべか」

　春乃伯母に膝を乗り出して聞かれると、私はニヤリと笑いながら応えた。

「あるべよ、何度か」

「へぇ、義父の代まで武士が残っていたんですね。正に生きた歴史ですね」

真紀が驚いた声をあげ、私も、ようやく元気になってきた。

そして先ほどの春乃伯母の話を再び思い出していた。退屈しのぎにうってつけだ。

「伯母さん、本家のあるK町に行ってみませんか、明日は丸々空いています」

「良いわねぇ……」娘のような生気溢れる声で、春乃伯母は応える。

真紀が、鼻筋に皺を寄せながらうなずいている。伯母は嬉しそうに言った。

「善は急げ、日がないので明日行ってみましょう。朝早くに出かけますよ」

三

翌朝五時頃目覚めた。伯母と真紀は起きて朝食の準備をしている。流しからトントンとまな板にリズミカルにうちつける包丁の音、みそ汁の香りが私の枕元にも漂ってきた。Y市で過ごした子供時代の思い出そのものだった。割烹着の伯母の後ろ姿が、死んだお袋に重なって、なぜか滲んで見える。

全員でそそくさと食事を済ませると、軍手、タオル、カメラなど必要な物を車に乗せ、五時半過ぎに出発した。

車は快調にエンジン音を響かせている。「どんな家なんだべぇ……」

私は方言丸出しで、助手席の春乃伯母に尋ねた。

「そうねぇ、K町は田舎だけれど、Y市と違って農村地帯だから雰囲気がまるで違うしょ。もちろんそれなりの家よ」

早く見たい。後ろに座る真紀の気迫も、痛いほど伝わってくる。

車は、なで肩のように緩やかに南北にのびる夕張山地の中央部を西に横断し、石狩平野の端に出てきた。

「まぁ、広い。右側に地平線が見える」

真紀は両手を胸の前で握りしめ、少女のように何度も歓声をあげている。

「あと三十分ほどのはずよ。昨日電話を入れておいたから、準備してるしょ。もうすぐ石狩川の支流のひとつ夕張川が見えてくるべぇ」

そのガイドが終わるや否や、霧が降りかかってきた。車は二車線の舗装道路ごと、あっという間に白い綿帽子に包み込まれてしまった。同時に大きな瀬の水音が、「ゴー、ザー」と四方八方から不気味に聞こえてくる。

「ガスだべか」(霧のこと)

「この季節の早朝はいつもだべ、いやなガスねぇ。谷あいに注意してね」

フォグランプを点け、その場を逃げるように走り、ようやく抜け出した。

バックミラーを覗くと、すでにそこだけが白い城門のように閉じられている。

まるで他国との境界線のように思えた。

「やれやれ、すごい霧だったべ。谷底に転落かと……」

「意外に臆病ねぇ」口元に手を添えた真紀が笑った。その二十分後、

「あそこに見える防風林の中の屋敷よ」春乃伯母が、前方を指差した。

見ると、水田や蕎麦や野菜の畑地に囲まれた真ん中が、こん盛りとした里山になっており、そこだけが隔離された別世界を形成している。

近づくと数ヘクタールはあろうかという広さだ。高い石垣が、うっそうとした木々に隠され、屋敷がある気配すら感じられない。私は車でぐるりと一周してから、入り口の場所を見つけ、左右二本あるエゾ松の大木の前に車を止めた。

奥をのぞくと、細い道が林の中に細々と続いている。向こうからは見えないらしいので、クラクションを数回鳴らした。

すると林の中から、せわしなく駆けてくる下駄音が聞こえ、しだいに大きくなってくる。年の頃八十半ばぐらいの老人が現れた。春乃伯母の顔を見てニヤリと笑ってくれたので、全員ひと安心した。

隆伯父と伯母は暫く立ち話をしていた。会話が途切れ途切れに聞こえてくる。

「今日は○兵衛さん、いや何と改名したんだべや?」

「功次郎でしょ？」

「そうそう、功次郎さんも大きくなったしょ」「そうね」

薄い白髪頭から落ちそうな櫛を打ち直し、伯母がチラリと顔を向ける。

「功次郎だって、すでに六十代の半ばだべよ」

「そうよねぇ、私達だって八十代末、あの時からほぼ六十年だべよ……」

「伯父さん、お久しぶりです。功次郎です。妻の真紀です」

私は真紀と車から降り、ほとんど記憶にない隆伯父に挨拶をした。

親族達もしだいに減り、八十代を過ぎて名実ともにまだ健在なのは、この家の隆伯父をはじめ、片手に余るぐらいになっている。

その後、母屋で、ひと通りの接待が終わると、春乃伯母が催促するように言った。

「したら時間が余りないので、蔵見をしょう……」

すぐに蔵に案内されることになった。母屋の裏に回ると、それはさすがに本家と思わせる豪勢な建物であった。入り口は一枚板の木戸である。ごつく厚い土壁はもちろん、古びた屋根には北海道では珍しい瓦が使われている。隆伯父が、時代劇に出てくるような鉄の閂（かんぬき）を木戸にさし入れ、ゆっくり回す。

「ギギッ、ギギッ」ときしむ音。半開きの隙間から、キナ臭い匂いが漂ってくる。

ここまでが、蔵初見参までのいきさつである。

……暗黙の了解――明日の再調査の実施――で寝入った翌早朝、散歩を兼ねて防風林を巡ってみた。二十メートルを超すエゾ松の大木の梢が、北国の高く澄んだ青空を突き刺すように、一列に立ち並んでいる。巨大な槍が、この地をを守り続けているのだろうか。

しかし気分は晴れない。どうも気になるのだ。視界を遮る木々の妖しく込み入った枝が、私達の頭の中にも影を落としてくる。

朝食を早目に取ると、急ぎ蔵に向かった。昼までに、四人で最終廃棄リストを早々に作り上げ、物品を運び出した。その間、そこに極力近づかず忘れたように振舞っていた。

昼過ぎ二人になった時、すぐに私達は蔵の入り口を目指した。蔵に入るのは三度目だ。脇から抜足さし足で近づくと、半開きの扉に両手を上下に揃え、指先に徐々に力を入れる。両足の指で棒のように踏ん張ると、重い鎧戸はゆっくりと滑りはじめた。二人力ではなかなか難儀だ。

「ギギー」

ドキッとしながら、首をすくめ周りを確かめる。誰もいない。心臓の鼓動が指先まで響き渡り、額に汗も滲んでくる。互いに顔を見合わせてから、再び引き始める。何度目かに、ようやく六十センチほどのすき間をこじ開けた。

すぐに中に滑り込んだが、明かりは禁物だ。目を闇に慣らしてから、棚の縦柱を左右の手で伝い、探りながらゆっくり進んでいく。こめかみを伝う汗を手の甲ではじきながら、やっとその場所にたどり着いた。

天窓から差しこむ薄明かりの中、亀のように首を目一杯のばすと、それは一メートルを超える程度の箱で、片手でも持てそうであった。真紀に顎で促され、棚に震える手を差し入れて、奥から引き出した。

半分朽ち果てた木箱をそっと開けて見ると、中から出てきた物は、お世辞にも格式のあるようには思えない。むしろゴミといってもいいような代物だった。鉄錆びの金臭い匂いもする。傷口を覆うかさぶたのように不気味だ。

よく調べると、それは『Uの字』に曲がった単なる金属棒だった。二人の緊張が一気にはじける。真紀が吐き捨てるように言った。

「むかし実家の物置小屋にあった、割れた南部鉄瓶(てつびん)のツルみたい……」

そう言うと、そのまま狭い通路に座り込んでしまった。私もガックリとうなだれながら、

「なんじゃこんな程度の物か」と、箱の底板を棚に押し戻し、納め直そうとした。

すると、「おゃ」と思うものが出てきた。油っ気の切れた茶色の保護紙に包まれた古紙が顔を出している。縦十センチ、横三十センチ程か。

「なんじゃいな、はんかくさい(ばかみたい)」

首をかしげて、天窓からの薄明かりにかざしてみた。

「何だか字が書かれている」

いつの間にか私の肩口から、真紀が覗いている。

「古文書よ、古文書！　絶対に素人には無理でしょ」

確かにとても読めそうな文書ではなかった。所々虫に喰われ、おまけに達筆な崩し字で書かれていたからだ。せっかくなので、現物の写真だけは残した。

……こうして私達の北海道旅行は、一見、何事もなく終わった。

四

「やれやれ、やっとご帰宅だ。落ち着くなぁ、自宅は」

「本当ねぇ、やはり緊張の連続だったのねぇ。気を使ったわ」

自宅玄関の叩きで、私は大きく背伸びをした。いつの間にか標準語に戻っている。真紀と素直に意見が一致したのはいつ以来だろう、と思った。

着替えと荷物の整理を終えて、ソファに深く座りテレビを点けると、一仕事を終えた満足感が久し振りに湧き上がってくる。やはり体を動かすのが一番だ、と言いつつも、すぐに寝転がった。普段のなまくらに戻りつつある。

しかし再び不安が込み上げてきた。余生の趣味三昧生活に破綻をきたし、これからどう暮らしていくのか。夢も希望もなく、確実に老いぼれていくのか。膝が、腰が、肩がしだいに利かなくなり、最後は寝たきり……。

全くそれじゃ、○水だよ、俺も！　あの不潔で下品でオドオドした、鈍感な名ジジイ俳優。まさに『粗大ゴミ』じゃないか！　それにしてもあの俳優、演技がうまいよなぁ……、妙に感心してしまう。しかし　それが現実では困る。

全く「弱り目に祟り目」とはよく言ったものだ。数日後、半分気の抜けた状態で、近所の国道沿いにあるコンビニに行った時、今や珍しくない高齢者運転の自動車に飛び込まれ、商品と共に、目一杯弾き飛ばされてしまった。翌朝まで病院のベッドで意識を失っていたという……。

交通事故のニュースは、各テレビ局から全国規模で流された。多数の知り合いから、安否を尋ねる電話やメールをいただいたらしい。後から聞いたが、慌て者が、香典の話をしてきたらしい。全くこんな目にでも合わなければ、注目も浴びないのか。何やら一層物悲しくなってくる。

いたるところ白い包帯とギブスだらけの姿を見て、私はすっかり落ち込んでしまった。生涯初の入院生活と意欲をそがれた老後生活、この二連発の大波で、肉体も精神もすっかりやせ細ってしまい、病人の気持ちが痛いほど分かるようになってしまった。

世間への興味を失い、テレビや新聞を読む気力もなくしてしまった。とにかく生きる力が湧いてこないのだ。「もはやこのまま……お迎えか」と、半分諦めかかった時だった。運気が逆方向へと動き出す。

次の日の早朝、夏休みで松本の実家に帰っていた孫の美波から、直接電話がかかってきた。それも一方的な要求である。

「直ぐに帰れないから、ジイジ！　私が読んであげる。よく聞いてね」

S新聞のコラム、『山河抄』だった。電話口でもう読み始めている。若く弾んだ、瑞々しい声が耳の中で、シャワーのように降り注ぐ。涙が溢れ出てきた。

「ジイジ、聞いてるの。今日の話、分かった」

「うん、うん、ありがとぅ……」ただうなずくことしか出来なかった。

以後、毎朝七時になると、美波からの『コラム定期便』が届くようになった。

このモデルは、数年前美波が中学生の頃、私が社会勉強のためと、本人に読んで聞かせていたものだった。

「ほら貴方、美波ちゃんから定期便よ」

以後真紀が病室の枕元で携帯電話を手渡してくれる。大いに勇気づけられ、命のエネルギーを繰り返し注入された。それ以来私は、生きる意欲を取り戻し、リハビリを頑張り、散歩にも出かけられるようになっていった。

信じられないほど有り難いことだった。退院後も、朝の七時が待ち通しく、なくてはならない日課となりつつある。互いに離れていても心は通じ合っていた。

そんなことからひと月後、夏休みも終わり、美波はまた通学のため東京の我が家へ戻ってくることになった。対立ばかりの我が娘の若かりし時とは大違いだ。家庭のあたたかみと安息が満ちてくる。

そんな出来事を経て一週間。

美波が二階の自室で、パソコンとプリンターで写真整理をしてくれていた。私達が忘れかけていた北海道旅行のものだ。

「ウワァ広いのねぇ、北海道って！　私もついていけばよかった」

初めは感動の声が聞こえていたが、突然驚きに変わった。

「ウワッ、何これ？　キモイわ！　でもビミョー」

「何がだよ」

ソファから半身で起き上がった私の横を、真紀がダダッと二階に駆け上がっていく。直ぐにその会話が耳に届いた。

「例の蔵の写真でしょ！」

「そうなの？」

美波は椅子でブラブラと膝を動かし、反り返るようにパソコンの画面を見ている。

「もっと拡大してよ、できるでしょう」

私も二階に上がった。女どうし平行に並んだ頭が、画面を覗き込み、ため息をついている。

「何やら、ご先祖様からの伝来物らしいのよ」

真紀が美波の顔をのぞきながら、話しかけている。傍らの私は、過去の得体の知れない物など、相変わらず興味を感じないし、不気味にさえ思える。

「……ふぅん、興味があるわね。借りられないの？」

美波は腕を組み、口をへの字に曲げている。

「だって、ご祖先様の伝来物として、大切にしている物だぜ。誰が貸してくれるものか。我々だってそっと調べたんだ、お前が行っても所詮無理だ」

そう言い切って、私はまた階下に行き、テレビ画面に向き直った。それがブライドを傷つけたのか、追いかけてきた美波は頬を赤らめ、猛然と反論してきた。

「古文書研究者のママなら大丈夫よ！　これは学問的な立場で考えているの！　単なる世俗の興味ではないわよ」

美波の母親、孝子と話し方がそっくりだ。心の中で、娘の孝子が進学する時のことが思い浮かんでくる。今もって私のトラウマの一つである。うかつにも孫娘に八つ当たりしてしまった。口がすべってしまった。

「どうせ爺は世俗だろうよ、親に大学まで行かせてもらって、なにが学問だ、歴史だ。今まで育てて、挙句に飯の種にもならない古文書だからなぁ……」

つい今までのうっぷんが溢れ出た。二人で向き合ってにらみ合いが続く。

『美波には関係のないことだ。おとな気ないなぁ』とふと思ったが、一寸遅かった。私のわき腹に、いきなり真紀のキツイひじ鉄がとんできた。「イタッ」と思い二人を見ると、両足を大きく開き、閻魔のような形相でいる。

「なに、孝子のことで騒いでいるの。孫の美波とは関係ないでしょう」

真紀の頭からはすでに湯気が出ている。

「ごめん、どうかしていた」私は二人に素直に謝った。

「せっかく、孫といい関係だったのに……」と後悔したが、幸いなことに真紀が行司役をかってくれた。

「互いに言い過ぎよ。それに現物はどんな物かも分からないのに、仲違いしても仕方ないわよ。本家の件はもう終わったんだから、夕飯の支度でもしましょう。みんなも手伝ってね」

一件落着かと思ったが、美波はまだこだわっていた。それもプラス思考で。

「でも我が家にも、先祖の伝来物があるなんて、ステキねぇ……はまりそう」

「そうねぇ、ロマンがあるわねぇ……、歴史への興味なんて、孝子ゆずりね」

真紀が相づちを打ちつつ、台所の照明をつけた。後を追った美波がエプロンの紐を結びながら、更に言う。

「何とかして、調べてみたいわ。付随した絵図や古文書があるかもよ？　きっと……。そんな物なのよ、歴史って！」

小一時間後、夕食の席でも美波は、箸を口にくわえながら呟いた。

「何かしら？　まずはそれを借り出すことよね。その後よ、錆びた金属品の解明は……。そう……、稲荷山古墳の鉄剣の例があるじゃん。レントゲン写真よ！　伝来物の撮影はお母さんの考古学研究所に頼み込めば、可能よ。そうすれば正体が……、まるで怪人二十面相を追い詰める明智小五郎の気分ね」

天井の一点を見つめながら、何も食事が進んでいない。見かねた真紀が皮肉を言った。

「ミステリーハンターの明智さん。行儀が悪いわよ」

「あっ、ゴメンゴメン」

素直に謝った美波に、私は穏やかに言った。

「食べてからで良いんだが、どうやって会ってもいない隆伯父さんから借り出すつもりなんだい」

「簡単よ､学校の研究の一環と言えば、大概はオーケーじゃん。何度も経験していますから。ワンチャンはあるわ、学問の力よ！」

ケロッとして言う美波に、それもあるかもと思えてくる。

「それに錆びた金属に、稲荷山古墳って？」

「鉄剣が出てきて、博物館の女子学芸員が偶然にエックス線を当てたら、文字が浮かび上がってきたのよ。刻まれた文字から、その謂れが分かったのよ」

「本当……」真紀が目を大きく見開いた。

「貴重な物と分かり、今じゃ『国宝』よ、『国宝！』」

「へえ……」と口をだらしなく開けたままの私を見て、

「まるで認知症みたい？」

美波はポロリと漏らした。真紀が美波の肩を押さえ、たしなめた。

「いい加減にしなさい。お爺さんに失礼よ。それにしても国宝とは魅力ね」

「そうだなぁ……」と、ようやく口を閉めて私はうなずいていた。

五

話はトントン拍子で進んだ。美波は例の物をすでに母親の孝子に伝えている。親譲りの好奇心と人懐っこさで、母親の大学の上司、比企教授に頼み込み、自主課外研究の一つに入れてもらった。教授は母親の仲人であり、美波は幼少よりかわいがられてきた。ついでに孝子に頼み込み、考古学のエックス線撮影の段取りも決めたようだ。

「今年の秋休みは、北海道よ。アルバイト頑張らなきゃ、フッ軽で。やる気モリモリね」

二学期の始業式から帰ってきての第一声である。フットワークは軽い。

「どうやって訪ねるつもりだい」瞬きを一つせず茫然と聞く私に、

「学問研究よ、この言葉に世間は弱いの。爺は、絶対に必要な人材ね。顔つなぎの人が必要だから……。お母さんとも仲良くしてね」

屈託もなく笑顔を向けてくる。私の弱い所だ。定期便の恩もある。娘孝子と孫の三人で、故郷に再び行く羽目になりそうとは思ってもいなかったのだが……。

ひと月後、何やら大きなスーツケースを持った三人が、ぎこちなく千歳空港に降り立った。直ぐに宿舎に向かう。道を歩いても、しぜん二人と一人になってしまう。南千歳駅からディーゼル特急に乗り、札幌へ向かった。駅前から市街地は見事な碁盤の目になっている。大型レンタカーを借り、並木道を直進して時計台通りを右に曲がり、直ぐ際にある小奇麗なレストランに入った。

「爺、直ちに本家のあるY郡K町に出かけるから、確認の電話お願いね。接待は、一切いらないと伝えておいてね」

ウインクしながらあっけらかんに言ってくる。美波の気持ちが痛いほど分かるが、ここは知らぬ振りをして黙って従う以外ない、と観念した。

しかし孝子とはほとんど目が合わない。思えば大学進学の時、結婚、その後の離婚と、人生の大きな岐路に遭遇した娘は、ほとんど私に相談に来なかった。がんじがらめに絡んだ大きな糸玉が当時からのままになっている。今は何か働きかけると、かえってぎこちないことになってしまう。なにも知らぬ振りして、感情をたたみ込み、流れに任せようと思う。

レストランでの昼食後、一台の大型ワンボックスのレンタカーは、高速道路に乗ると風を切るように走りに走った。

遠くに見えるポプラ並木が、半円を描きながら、たちまち後ろへ飛んでいく。小一時間で、目的地近くのインターに着き、出口から降りた。隆伯父の家はすぐ近くだった。美波は驚いたように言う。

「北海道も意外と、交通網が整備されているじゃん」

「札幌の近郊だからだろう」

私は、そっけなく答えた。孝子は黙って車窓の景色を見ている。

本家の訪問は二度目なので、対応はスムーズに進んだ。

「隆伯父さん、娘の孝子と孫の美波です。宜しくお願いします。連絡しましたR大学の研究所に勤めて、歴史学の古文書研究をしています」

自分でも驚くほど、すらすらと出てくる。

「大伯父さん、伝来物の研究で来ました。お手数をかけます」

軽い会釈の孝子の隣で、美波が、丸々とした生きのいい目で見守っている。

「はいはい、聞いているべ。孝ちゃんはずいぶん立派になって……」

「出来れば、研究室で調べたいと思っています」美波が口をはさんだ。

やはり、その威力は絶大であった。伯父は、微笑みながら応えてくれた。

「そしたら中にある物は、何でも持出していっても良いべ。価値のある物ならば、場合によっては寄進も考えるべや」

「大伯父さん、ありがとう」

美波は手のひらをガッチリ合わせ、両指を組んだ手を、上下に振り感謝している。

私と美波、孝子は直ぐに例の物に向かった。

「爺、これね」

私が無言でうなずくと、孝子もジッと見続けながら、

「……何かしら、初めて見たわ」自分に語りかけるように言う。

一人はしゃぐ美波に、今度はゆっくりとかみ砕くように言った。

「何とも言えないけど……、明治以降の物とは言えない可能性が高いわね」

「なぜ？　お母さん」

「ほら、この錆び具合よ。ご先祖が、北海道に移住するずっと以前の物でしょう、きっと……」

孝子は遠慮がちに指さして言った。考古学と古文書は近縁だが…………。

「やはりそうだべ、言い伝えもそうだった」隆伯父が言った。

「嬉しぃ、古ければ古いほどいいわ」美波がまた歓喜の声をあげた。

「いや、歴史的価値が問題よ」孝子は笑いながらたしなめる。

いつ口をはさむべきかと思ったが、不安感が私に口を開かせた。

「他に何か気づくことがあるかな？」

「いゃ、まずこの錆びを落として、必要ならばエックス線撮影ね。今のままなら、海の物とも山の物とも皆目、見当がつかないわ。曖昧なことは言いたくないわ……」

私は、娘のプロの研究者としての厳しさに触れ、驚きと感動さえ覚えた。

その夜、伯父の家に泊まり、二日かけて調査は終わった。最終日に春乃伯母の家に顔を出し、午後から千歳空港に向かい、私はすぐに東京に帰宅した。

孝子と美波は、久しぶりに親子で富良野・知床旅行に出かけた。離婚による母子家庭として、美波に寂しい思いをさせてしまったことが、孝子に負い目として残っているようだ。私は黙って美波に小遣いを渡してから帰京した。

「あら、早いのね。どんな様子でした」

真紀が玄関先で、早口で聞いてくる。

「まだ始まったばかりで、調べて見なければ分からないらしい。さすがに慎重だね、孝子は。いつの間にか一端の研究者になっていたよ」

「嬉しいわね。ところで例の物、貸してくれたの」

私が大きくうなずくと、目尻に皺を寄せながら微笑んだ。

「後は孝子からどんな話がくるのか……。具体的な検討は松本に帰って、研究室で調べてからでしょうから……」「そうだね」続きを言いかけて止めた。


一週間が過ぎる頃、美波から電話がかかってきた。孝子ではなかった。

「知床旅行、今日で終わり直ぐ帰ります。お小遣いありがとう。北海道の自然を堪能してきました。ハンパない景色。爺、良い所で育ったのねぇ」

「何言ってる。雪もない、一年で一番いい季節だからだよ」

「ところで、例の物、こちらに持ってくるんでしょう」

真紀が、受話器の隣から大声で聞いてくる。

「もちろんよ、うれぴょ。楽しみにしていて」「何語よ、全く」

はしゃぐ二人を前に、私だけは冷静な素振りをしていた。どうにも歴史的な価値には程遠く思われる。口を出さずに静観することにした。それよりも孝子の声が聞こえてこない。……いつしかそのことが気にかかるようになっていた。

六

翌日東京に美波だけが帰ってきた。孝子はたまった仕事のため、羽田から直で松本に帰ったとのことだった。孝子が離婚してシングルマザーになって以来、互いに生の声を聞いたことがほとんどない。これでは……、と思いながらも電話すらできなかった。


他方、ご先祖様の伝来物の話は止めどなく進んでいく。夕食後、食卓テーブルを片付けてから、真剣な話し合いが始まった。いきなり立ち上がって、美波が口を開く。

「まず学問的に調べる時、大切なことは、次の六つの項目なのよ」

「うんうん」と、真紀は嬉しそうに目を見開き、美波を見つめる。

「ニュース記事と同じ、いわゆる五ｗ一Ｈ、つまり何時、何処で、誰が、何を、何故、どのように、を解明すること。知ることと言っても良いわね」

「なるほど……」と、今度はウットリとした顔つきでうなずいている。私もいつの間に成長したのだ、と驚いて聞いていた。過去の孝子がふと思い出される。

「でも、最初に知らなければいけないのは、一体それが何なのか？　ということなのよ」

「それで分かりそうなの、あの伝来物？」

「そうせっかちにならないで、バァバ」

「そうだよ。少し黙って、最後まで話を聞けよ」と、たしなめると、

「ありがとう、ジジ」と、明るい笑顔が返ってくる。

「その正体がハッキリと分かってから、先ほどの五ｗ一H、いや四ｗ一Hを調べるんだけど、大概はすべて解明されないの。どうしても分からないことが出てくるのよ」

人差し指を立ち上げたままで話す美波を、

「どんな？」と、真紀がコーヒーのマグカップを両手で包みながら尋ねる。私も一番知りたかったことだったので、言わせておいた。

「解明し易い順番で言えば、一般には、①何か、②何時、③何処で、④誰が、なのよね。一番意見の分かれるのが、つまり異なった学説が生まれるのが、⑤何故、⑥どのように、なのよ」

「ふぅん」と私も分かったような気になってくる。真紀は黙りこくってしまった。美波はお構いなしに続ける。私は一段と楽しくなってきた。孫の美波に教えられることが、嬉しい。なぜか心が温かくなり、幸せを感じてくる。

「この⑤何故が、一番歴史のロマンが生まれる部分だと私は思うのよ。その人の、その時代の生き方、つまり人生ドラマが隠されているものなのよ」

「……それで一体、伝来物にどんな価値があるのか、分かりそうなの？」

「バァバは、何か金銭的にしか考えていないんじゃない？」

美波の核心をついた質問に、

「当然でしょ。テレビの何でも鑑定団に出たいぐらいよ」

真紀はぬけぬけと本音を吐く。

「何言っているのよ。ジジ何とか言ってやって！」

いつの間にか、今までの祖母と祖父の立場が逆転していた。その日はここで終わったが、久しぶりに美波から存在が認められたことが、無性に快感だった。


数日後、美波はいつものように元気に家を飛び出していった。

「バァバ、松本に預けた伝来物、今日レントゲン写真を取るらしいわ」

「期待しているわよ、ウフフ……」真紀が呟いた。

「いやねぇ、余り期待しない方がいいわよ」

「いつ頃結果が出るのかな？」

美波のやる気を応援したくなって、つい私も声をかけた。自分でも不思議なくらい、自然体で接することができる。これが孝子ならどうだっただろうか。

「午後から夕方にかけてのメールかなぁ。じゃ行ってくるね」

私達夫婦にとって、長い一日になっていた。裏庭で草取りをしても、何をやっても集中できない。

真紀はもっとだった。一度洗った洗濯物を取り出さず、洗濯機のスイッチをまた入れ直そうとする始末だった。

夕方遅くになって、電話が甲高く鳴り響いた。受話器を取ると、飛び込んでくる。

「ママからのメールあり、分かったわよ。詳しいことは帰ってから話すけど……」

「それで何だったの？」

「決定的ではないけど、一つ大きな疑問が残るのよ」

「何だったんだよ？」私も同じ言葉で催促した。

「おそらくはジュウシンだと思うの……」

「ジュウシン？」

「何それ？」二人は見合った。

「鉄砲の銃身よ！」

「鉄砲？」

「何でそんなものが、本家にあるの？」

「それはこちらが聞きたいくらいよ、無しよりのアリよ。ほとんど考えられないということ！」

美波は、若者言葉の語尾を強めて言い返してきた。

「電車が来たわ。とにかく帰りを待っていて」と、電話を切った。

帰ってきてからが、大混乱。夕飯前の食卓で、さっそく質問攻めが始まる。

「ジュウシンって、どうして分かったの？　あんなに錆びていたのに……」

「それがレントゲン写真の威力よ」

「そうだよな。まだ骨董品として価値があると思っていたのかい？」

私が皮肉を言うと、少し赤面した真紀が居直るように答えた。

「期待して悪いですか！」

「もっと冷静になって、バァバ！　経済的に価値のある貴金属なら、あんなに錆が付くと思う。銀なら黒っぽくなるだけ、金や白金ならピカピカよ」

この一言で決着がついた。しかし再燃したのは、寝る前だった。

「ところでどこまで分かったんだい。例の歴史の疑問符番号の？」

学問的な質問と思ったのか、美波は上機嫌で答えてくれた。

「まず①何を、は銃身と分かったわよね。木製の銃床がなかったから、初めは分からなかったのよ。腐ってしまったのか、敢えて外したのか、それは不明よ。それに内部にライフルの渦巻きが刻まれていないので、火縄銃。付属品の火縄挟みや火皿も何もなかったので、一層分からなかったのよ」

「フムフム」右手で頬杖をしたまま、私はうなずいている。美波が続けた。

「それにも増して不思議なのは、やはり⑤何故なのよ。普通銃身なら、真っすぐな物でしょう。どうしてU字型に曲がっているのかよね。お母さんもしきりに首を傾げているわ。火にくべて、焼き戻したのかも……」

「そうよねぇ、曲がった物じゃ、全く役に立たないじゃない。ガラクタよ」

真紀が口をへの字に曲げて言った。

「でも、そこにドラマが隠されているかもしれないのよ。解明は永久にできないかもしれないけど……」なるほど、と私は大いに納得してから言った。

「まさにロマンだね。あと分かったことは？」

「②の何時は、少なくとも江戸時代の初期か、それ以前なのよ」

「そうだなぁ、確かに火縄銃を使っていたのは、鉄砲伝来の時以降、つまり一五四三年以後で、戦国時代の終わり頃から江戸初期だろうねぇ……」

「どうしてそんなに簡単に言えるの？」

真紀がトロンとした目で聞いてくる。私は少し得意になって話した。

「もし先祖が武士階級ならば、幕末期まで火縄銃を持っている可能性が高いけど……」

「高いって？」真紀が食い下がってくる。

「江戸期の平和な世の中になり、武具なんてアクセサリー化して、蔵の中にでも仕舞い込んで、そのまま朽ち果てたのかもしれないよ」

直ぐに美波が鼻の穴を膨らませて、反論してきた。

「それならば、幕末期の社会混乱の中で、捨てられているわよ、きっと」

「そうよねぇ……。先祖伝来の貴重な物として、今まで伝えないわよね。私なら絶対、ポイね！」真紀が、指先でチョイと摘まむジェスチャーを交えて言った。

「確かにそうだ。常識的に考えてもなぁ……」

私が真紀の顔を見て言うと、嬉しそうにほほ笑んだ。

「あるいは先祖が江戸時代に武士ではなく農民ならば、鉄砲なんて持てるはずがないしねぇ……」

私が眉毛を寄せて思案顔をすると、美波が言い出した。

「農民でも、いや足軽なら戦国時代の末期、鉄砲は持てたじゃん」

「それならば『秀吉の刀狩』がネック、それより前の時期だろう」

「ジジ、冴えている。見直しちゃうわ」

「お世辞はいいよ。進めて」

興味をなくしたのか、真紀はすでにいなくなっていた。

「③何処で、④誰が、はこれからが学問的な研究が必要になるところなのよ」

「で、どうやって調べるつもりなんだい」

「ママ先生のアドバイスでは、お寺の過去帳が有力とのことなのよ」

「なるほど、専門家なら間違いない。まるで探偵小説みたいだね」

「そういえば、ジジは推理小説が好きなのよね」

「うん」と、私は逆に子供のように目を輝かせた。

「どう、一緒に調べに歩いてみない。調査費も、交通費もかかるから……。私のスポンサーになってよ。時間があればママ先生も参戦よ！」

『悪くないな。思春期の孫娘とこんなに近づけるなんて……、それに裏に孝子がいるならば、一石二鳥だ。孝子の時は失敗したが』

と、心の中でそっと呟いてしまった。

「家でゴロゴロしていたんじゃねぇ……。頭の体操もしてよね、認知症予防の……」

美波は小首を傾げたままニコッと笑った。祖父としてメロメロになっている。美波が小学生の時期以来だろう。またまた言ってしまった。

「いいねぇ、任せておけよ！」

七

かくして私と孫娘の探偵調査活動が始まった。夕食後の空いた時間、手早く片付けられた茶の間の食卓テーブルが、探偵事務所ということになる。

「まず③何処で、④誰が関係したのかを調べるには、お寺の過去帳調べよ」

美波は大きく息を吸ってから、ママ先生の言葉を受け売りのように言った。

「そのためには北海道の寺では無理だ。時代が新し過ぎる」

「そうね、本家に電話で聞いて、北海道移住の前はどこに住んでいたのか、確認することね。明日中にお願いね……」

「分かった、直ぐに聴いてみるよ。しかし一体誰なのか知りたいねぇ……」

「焦りは禁物よ、ジジの気持ちは私だって同じなんだから」

美波と一体の気持ちでいられることが、とにかく嬉しかった。

こんな会話が数日続いた。私はいつも頬杖をついて美波の横顔を見ながら聞いていた。いつの間にか、娘の孝子の面影と一緒にいるような気分になってくる。

あの当時の残像がスロービデオのように浮かんできた。若い父親と若い娘。顔さえ合わせれば、いがみ合いの連続だった。互いに意地を張り合い、相手の短所ばかりあげつらい、一週間も口を利かない日はざらだった。なぜこんな自分勝手な子供に育ててしまったのか、と後悔し続けたものだった。しかしなぜあんなに腹が立ったのだろう……。

美波の鋭い声で我に返った。

「ジジ、話聞いてる？　ジジ！」

いつの間にか美波は卓上に高校や付属大学の図書館などから借りた、たくさんの本を広げている。うながされ、私も数日前に聞き出した蝦夷地以前の様子を、話し出した。

「やはり仙台伊達藩の支藩に仕えていたらしい……」

「やっぱりねぇ」と私を見つめ続ける美波。一息入れて、再び説明し始める。

「江戸末期の頃は、仙台の伊達藩と決まったけれど……。火縄銃を実際に使用していた頃だから、戦国末期から江戸初期だろう。もっと遡るよ……」

「そうよ、当然そうなるわ。やはり過去帳ね」

目をクリクリしながら首をかしげる仕草が、メジロのように可愛い。

「それじゃ仙台のどの辺でご先祖様が暮らしていたのか、どこかの寺の過去帳を調べなければならないね……」

「仙台市だけでは広すぎるし、場所が絞られなければ、檀家の寺や過去帳を見つけ出せないわけよねぇ」

「……三百年以上前のことだし。それに明治維新で敗者になり、屯田兵として蝦夷地に逃げるように渡ったんだから、混乱の中、せめて位牌か何かでも持ち出していてくれたらいいんだがなぁ……」

私は口をぽっかり開け、我が家の低い天井を仰いだ。資料本のしおりを脇に置きながら美波が口走る。お母さんに以前言われたことだけど、と前置きして、

「……だから古文書が重要なのよ。何も由緒ある家系図じゃなくても、書簡類、手紙や農作業の記録の断片でもいいのよ。意外なことが見つかるものなの。謎が解けることも多いのよ。楽しいわ。だから私も古文書研究を始めたの」

ここまで具体的に、孫から娘孝子の大学志望動機の理由を聞いたのは、初めてだった。そして驚いた。この行き詰まりの中、成る程素晴らしいものだと思えてくる。なぜ孝子の時に、こんな話ができなかったのか悔やまれてならない。

かつて孝子が大学の志望を決める時、娘に親の考えだけを押し付け、結局はいがみ合っただけで終わっていた。今更ながら彼女の話を親身に聞いてやらなかったことを、心の中で心底詫び続けた……

「そうだね、ママ先生の学問研究の成果を、これからは大いに期待するよ」

過去の葛藤を知らない美波はおどけて両腕で力こぶを作った。

大まかな調査活動の予定は立ったが、数日して壁にぶち当たってしまう。

「ジジ、隆伯父さんどう言っていたの、二度目の電話では？」

「やはり、仙台の伊達藩配下の庄屋だったらしい。知っているのは、そこまでだったよ」

「現代から見れば、そんなところよね……」

「なにか家系図でもないのかなぁ……」

私が思案顔で言うと、美波は、手を左右に振りながら即答した。

「庶民の家系図ほどでたらめで、当てにならない物はないのよ。家康の家系図でも、七代遡れば、ただの乞食坊主よ。三河の山間地の松平郷に流れ着いた流浪の乞食坊主が、庄屋の娘を孕ませて居ついちゃったのよ」

「へぇ……、徳川家でもそうなの！」

「ましていかに庄屋であっても、所詮農民の家系図ほど、イカサマ、でっち上げの物はないのよ。呆れた家系図なら、すぐ貴族の藤原氏に繋げるとか……」

「あっははは……」私はお茶を吹きこぼしそうになりながら、更に聞いてみた。

「家系図って、そんなに当てにならない物なのかい」

私は自家製家系図のことは、脳みその片隅にさえ浮かばなかった。自家製なんて最初から信頼していなかった証拠だろう。

美波は、「お母さんに聞いたんだけど」、と前置きして言った。

「そうでもないらしいのよ。京都の位の高い貴族の家系図や、名のある寺院の血統などは信ぴょう性が高いの。第一級の資料よ、ありよりのありね」

「有り寄りの有り？」「かなり信ぴょう性ありの意味」

「成る程、それじゃ我が家の血統はどうすれば遡れるんだい。絶望的か……」

「ある意味、そうとも言えるわね」

私は一気に落ち込んで、椅子にへたり込んでしまった。だが美波の意思は、そんなヤワではなかった。最近は母親孝子の性格にとみに似てきている。

「ジジ、諦めるのは早いわよ。無し寄りの有りで、少しでも可能性のある所には、足を運ぶべきなのよ。瓢箪から駒じゃないけど、とんでもない方向へ進む場合があるのよ。もちろんいい方向だけじゃないけど……」

「よし、分かった。ジジも頑張るよ」

握りこぶしで、気力を振り絞ると、

「そうねぇ、孫に励まされて、少し頭脳労働をした方がいいかも……」

どこで聞いていたのか、久しぶりに真紀が口を挟んできた。

「もう一つ言っていい？」

私達の顔色を確認してから、話し始めた。

「実は、ババが一番気になっている物があるのよ。……あの置き文のことよ」

「えっ？」美波は即座に振り返った。真紀はそれに驚いて私に振ってくる。

「そうだったよ。確かにそうだった！　スマホの写真に撮ってから忘れていた」

と、私は恐る恐る説明を始めた。

「実はあの伝来物の下に、……変な紙切れがあったんだよ」

「変な？　紙切れ？　今、何処にあるの？」

矢継ぎ早の鋭い質問攻めに合い、何か大変なミスを犯したような気がしてきた。美波は正面切って訊いてくる。

「それって古文書じゃん？」

「虫食いの単なるメモ用紙か、包み紙の一部かと……」

「字が書いてあった？」

真紀が申し訳なさそうに、コクリとうなずく。

「その伝来物と一緒にあった物が、一番大切な資料になるのよ。ママ先生が松本の研究室に持っていった時には、付属品は何もなかった、どこ！」

「どうなったかは分からないよ」と、私は首を横に振った。

すると突然、真紀が土下座をしそうな顔で言ってきた。

「ごめんなさい。実は私が誰にも内緒で持ち出したの」

そう言うと、なぜか急いで二階へ駆け上がっていった。

「何で黙っていた。それも勝手に！」と、私も呟きながらも後を追った。

背後から美波の刺すような強い視線を感じる。

押し入れの旅行鞄の底からやっと封筒を見つけ出した。

真新しいB五、角形封筒である。

「見つかってよかった」と美波に差し出すと、口元が微かにほほえんだ。

「結果的には、無断でも良かったということか」

美波の微笑みで、私は怒りをしずめた。

すぐに美波は階下の食卓テーブルで、紙片を慎重に封筒から抜き出していた。ゆっくりと皺を伸ばし始め、宝物のようにそっとを手に取るや、叫んだ。

「何よこれ、虫食いじゃない！」

「何とかならない」真紀は両手をこすり合わせて、美波に頼み込んでいる。

「まるでパズルね、これじゃ絶望」それでも両眼を細め、凝視している。

「かすかに分かるのは、『○こそが□の▼人なり』ね。▼の左端は言偏（ごんべん）かもね。肝心の右の字が分からなければ、意味は伝わらないわよ。言偏の部首は無数にあるから……」

「あっ、そうなの……」真紀も小声になり、すぐに黙りこくってしまった。

「……ううぅん」美波のうめき声だけが、続く。

「ダメか？」私も諦め顔で、美波の肩越しに紙片を覗き込む。

「かもね、今は可能性が限りなくゼロに近いわけよ、微レ存ね。でも……」

「微レ存って？」私は若者言葉にイラつくように訊いた。

「ほんのかすか」もう家では使いません、美波は私達に詫びた。

「さっきの続き、でも……、は何の意味」私はせき立てるように訊ねた。

美波はジッと私を見つめ続けてから、慎重に口を開いた。

「とにかく今できることは、お寺の過去帳を辿って、目標の戦国時代の終わりに辿りつけるかよ。それが途切れたら、また考えましょう」

美波の探究者としての冷静さに私は正直驚いてしまった。と同時に、いつの間にか大人になったことを、またまた思い知らされていた。私の家系図など、まるで玩具みたいだ。

八

『○こそが□の▼人なり……』

美波は念仏のように、この言葉を毎日唱え続けている。腕組したままトイレ前の狭い廊下を行ったり来たり、ソファーに座ったりして、つぶやき続けている。私の特等席は店じまいの状態になっていた。

「ジジ、○は、きっと人の名前よね。誰か上司の武将かしら……。違うかなぁ……。考えるほど分からなくなるわ」

「そうとも考えられるけど……、今の段階では、考えても仕方がないよ」

「仕方がない？」ムッとした顔を向けてくる。私は片手でストップしながら、

「違うよ、まだ物証もない中では、人間の思考なんて無限に広がってしまい、際限がないんだよ。想像の世界では現実を忘れてしまうんだ。大脳皮質が異常に発達し過ぎた、人間の最大の弱点とも言えるが……」

内心冷汗が流れたが、冷静を装い、ゆっくりと話しかけた。

「つまり、より正確な視点を絞れということね」

私はニコッとうなずいた。

「もっと資料を集めてから、本格的に調査してみよう」

「ジジ、ありがとう。考え過ぎてノイローゼに成りそうだったわ」

激励を込めて美波の肩をポンと叩いた。


一週間ほど経ってから、早速二人で夜行バスに乗り、仙台に向かうことにした。もちろん経費節約である。

東京から出て程なく、高速を走るバスの車窓は黒一色の世界に変わっていった。時折、どこかの街の明かりが、点のように薄っすらと現れては闇に飲み込まれていく。座席の窓を少し開け、夜風を受けながら、内窓に反射する室内の明かりを漠然と見続けていた。過去に向かって走り続けているような、奇妙な錯覚に巻き込まれていく。次第に過去への不安が甦り、無口になっていった。そして若き日の孝子と自分との葛藤が浮かんできた。

「お爺ちゃん、どうしたの、気分でも悪いの？」

しきりに美波が気遣ってくる。ジジが、いつの間にかお爺ちゃんに代わっている。存在が認められたようで、内心くすぐったいが、悪い気はしない。気を取り直して、話しかけた。

「ありがとう、ただちょっと考えることがあってね……」

「どんな？」長い横髪を、指で耳元にすくいあげながら尋ねてくる。

美波には責任はない。はるか昔の出来事だ。むしろそっとしておこうと思った。

思い出したくもない気がする。はぐらかすように言った。

「漠然とした不安なんだよ……」

「どうして？」

「探し求めている物の正体が分かっても、それが吉か凶か？　怖い気がするんだ」

「ふうぅん、確かに……」いつもの癖で、口を前にとがらせている。

「むしろ知らなければ良かった、とならなければ良いのだが……」

「お爺ちゃん、やはり年ね。嫌な記憶ならさっさと投げ捨てて、新たに歩み出せばいいのよ。ただそれだけなのよ」

ケロッとしている美波に、うれしい驚きを感じる。

「そうだな、気にしなければ良いんだよ。そうするよ、ジジも」

美波は顔一杯に広がるほど微笑んで言った。

「私は絶対に悪いことではないと思うわ、確信しているのよ！」

「なぜ？」まだ幾分焦点の定まらない目で、私は孫の顔を見た。

「人間、不吉なことや嫌なことを大事に保管するもの？　さっさと処分して、浄化するものよ、お清めよ。特に日本人はね。きっと何か子孫にプラスになるからこそ、大事に取って置いたのよ、そうに決まってるわ！」

言い終わってから、右手の拳を左の掌にねじ込んでいる。

早朝、早くも仙台に到着した。七夕飾りの準備の始まる町中を、私達は足早に第一目標に向かった。物見遊山ではないという思いが二人を急がせる。

とにかく歴史資料館に向かえば、何かしら参考になる物がある、という美波の判断に任せた。開館一時間前の午前八時にたどり着く。近くの喫茶店で朝食を済ませ、ワクワクしながら歴史資料館の正門階段を駆け上がった。

正面玄関の奥にある受付で、美波が飛びつくような勢いでカウンターに身を乗り出した。

「すみません、調べていただきたいのですが……」息が大きく弾んでいる。

黒縁に度の強い眼鏡をかけた男性学芸員が、ぶっきらぼうに訊ねた。

「どんなこと？」

「明治期に北海道のY郡K町に移住した仙台伊達藩の分家がありますよね？」

係員は質問を遮るように、逆に聞き返してくる。

「……はぁ、Y郡K町？　突然ですが、北海道の支庁って知っていますか？　Y郡は空知支庁、伊達支藩は胆振支庁です。それらの地図上の場所はご存知ですか？」

懐かしい名称につられて、私は反射的に応えた。

「私が高校時代まで住んでいた地域です」

それを聞いて、学芸員は安心したように話し続けた。

「両支庁は関係が深く、胆振支庁に伊達市という仙台の分家があります。そこです」

「はい、知っています。父が生まれ育った土地です」

また私が答えると、学芸員は一層安心したのか、更に饒舌になってくる。

「蝦夷はアイヌ語の特殊な地名が多くて……。今の漢字地名に、意味はほとんどないんですよ、札幌なんて、『札と幌』で、和語としての意味はありませんよね。あくまでアイヌ語の発音に、漢字を乗せてあるだけなんですよ」

美波が直ぐに反応した。

「それって、万葉仮名みたいなものですか？」

「全くその通りです。それで具体的にどのようなことを……」

場は和んできたが、あくまで事務的に聞いてくる。美波が具体的に話す。

「実は、その伊達支藩に仕えていた農民の過去を知りたいのです」

「と言うと、明治初期か江戸時代末期の時期ですか」

「できれば江戸初期か、もう少し古い、戦国時代末期までの頃です」

突然、学芸員は眼鏡を揺らして笑い出した。私達は意味が分からず、ぼーっと立ちつくすしかなかった。

「江戸中期でも分かりにくいのに、戦国期ならば、まず無理でしょうね……」

「どうしてですか、古いお寺に過去帳など残っていませんか」

「第一、この仙台市は先の大戦で米軍の爆撃をうけ、中心部はほとんど焼けています。万に一つでも過去帳が残っているか……。それにある程度歴史に名を残しておられる方ならばねぇ……。失礼ながら農民では……」

私は内心腹が立ったが、感情を押し殺し、美波の横顔を見て言った。

「確かに空襲を受けたならば、過去帳も焼けていても不思議ではないよ」

しかし美波は瞳を大きく開いた厳しい目で、学芸員に食い下がった。

「戦国期ならば、どうして分かりづらいんですか」

「それは、人の異動期だからですよ。自分を高く評価してくれる上司の武将を求めて、領国境を越えて渡り歩くのが普通でしたから。……秀吉が典型ですよ……」

両腕を組んで、首を傾げている。

「農民や商人程度の無名人ならば、とうてい無理だ」私もやっと納得した。

「いずれにしてもここでは分からないということですね」

「悪しからず……」そう言うと、初めてペコッと、私達に頭を下げた。

「それじゃ、凡そでも農民達の過去帳の残っていそうなお寺を紹介してください。お願いします」

美波が深々と頭を下げて懇願すると、

「おおよそならば探索可能です。少々お待ちください」

そう言って学芸員は、猫背の肩を揺すりながら奥に消えていった。

「やはり一筋縄ではいかぬということか」

「そうね。でもきっと何処かに手掛かりはあるはずよ」

まだ美波は一途の望みに期待をかけている。

三十分ほどしてから、一枚のコピーを持ってその学芸員が現れた。

「空襲で焼け残った寺院はこのくらいです。後は郊外の寺です」

差し出されたコピーの表を見ると、二十寺程ある。それを貰って退館した時には、十時時半を回っていた。その日は一日がかりで回り、夜はシティホテルに泊まることにした。ロビーで作戦会議もした。

孫はスマホを使って、他の目ぼしい寺院にも電話をかけまくったが、郊外の寺では、古い過去帳など何処にも残っていなかった。あっても歴史が新し過ぎる。

「やはり、そう簡単には行かないわねぇ……」

江戸時代の中期からがせいぜいだった。そこでやっと私達は自覚した。

「伊達政宗が仙台に城下町を完成させるのは、江戸初期だろう。戦国末期に、東北で正確な過去帳を持つ寺院などの文化施設は無理。まして農民では……」

結果的に徒労に終わり、私達は小雨の中、退散する羽目となった。

広瀬川の川面には、雨粒が音もなく吸い込まれている。美波の疲れた後ろ姿を見ながら、自分達の甘さを嫌と言うほど思い知らされた。思わず「ちくしょう!」、とつぶやいてしまった。美波の横顔は孝子のそれを思い出させていた。

九

寺院の過去帳という唯一の手段を失い、全く迷路に落ち込んでしまった。私の知識では既に限界である。謎への追究心も萎みつつあった。

そばで見ていた真紀は、意欲など遥か宇宙の彼方に消し飛んでいるようだ。

「どう、どこまで進んだの。まだやる気？」

そばで肘をつきながら、煎餅をポリポリ食べている。

「もう苛立つなぁ、キエテ！」

美波だけが、かろうじてアカデミックな雰囲気で思案している。

「戦国時代の末期は確かに、人の異動期なのよねぇ……。五Ｗ一Ｈの内、①何時と④何が確定されても、先に②何処で、を判明させなければ、過去帳のありかも分からない。つまり③誰が、も分からない。複雑にからんだ糸玉みたい……。考える順番も分からなくなる……」

両手で指折りしながら、落ち着かない様子で独り言を言っている。自分の髪を何度も指に絡めて引っ張りながら、まだつぶやき続けている。

「……いきなり過去帳にとらわれ、③誰が、を追い求めたから行き詰ったんだ。発想を転換して、これからはどうにかして②何処で、から切り込んでいくしかないか……。でもどうやったら分かるんだろう……」

「過去帳があるという保証もないわけよね」

真紀は相変わらず、あっけらかんと逆なでするような発言でかき乱す。

私は美波が気の毒になってしまって、言った。

「もう一度原点に戻ったらどうか」

「原点って？」

「研究をしたことがないので、具体的には分からないが……」

美波は幅五センチほどの一枚短冊に記された例の古文書を手に取り、裏表を透かして見たり、何度も触ったり、手触りを調べている。

それを見ていた真紀が、思いついたように言ってきた。

「三人そろっているし、家の障子紙をそろそろ替えたいわね。黄色に変色して見た目も悪いわ。二年ほど替えていないので、貴方の運動も兼ねて、どう？」

「そうか昨年、替えていなかったな。足掛け二年か……」

「誰かさんが、ギックリ腰をしたのよねぇ……、年末の忙しい時に」

ドキッとしたが、真紀は二枚目の大きな煎餅を口にしている。

「例の恐怖の言葉を言われるかな……粗大ゴミ」

次第に首が縮み冷や汗が出かかったが、またしても無事だった。

「ところで障子紙の和紙……、残っているかしら……」

妻はそう言うが早いか、家族に逃げられる前に、階段下の物入れに向かった。

「障子紙、どこにしまったかしらぁ……」

その時だった。突然、美波が叫んだ。

「障子紙？　和紙……。あれって和紙なのよね！」

「そうみたいだけど、それがどうしたの？」真紀が物入れから顔を出した。

「バァバ、ありがとう。再チャレンジできるかも。短冊の紙質という方法があったのよ！　明日付属の大学図書館へ持っていって、確認してみるわ」

真紀は首を傾げ、状況を呑み込めないでいる。

……その日障子張りは夜遅くまでかかった。


翌朝久し振りに美波は、靴音を響かせ、家を飛び出していった。私は、美波が元気になったことが嬉しかったが、正直、古文書は半ば諦めている。

その日の夜遅くに、ようやく美波は帰ってきた。

「お帰り」と玄関まで迎えに行くと、座り込んで靴の踵を右手で握ったまま、ゴム毬のように弾んだ声が帰ってくる。家中が一気にはなやぐ。

「お爺ちゃん、またスポンサーお願いね」

「それは良いが、何か考えが浮かんだの？　昨夜の話は？」

茶の間に上がるや否や、持ち物をソファに放り投げ、話し出した。

「お爺ちゃん、手掛かりが見つかったのよ。②の何処で、が分かりそうなの」

「えっ」と思いながら、
私も食卓テーブルの椅子に横向きに座るや、片肘をつき身を乗り出した。

「あの文字のことかい？」

美波は首を横に振りながら、早口に喋り始めた。

「手掛かりは文字の内容ではなく、やはり紙なのよ、紙質！」

「紙質って……」

「あの紙、和紙で、きっと美濃紙だと睨んだの」

「どうしてそう言えるんだい」

「大学の図書館司書や担当先生に訊いて調べてきたの。そうしたらまず美濃紙に間違いないのよね」

「ということは……、美濃地方の周辺ということか」

「当たり！　さすがね、お爺ちゃん」

私もうれしくなって、雑学知識を披露し始める。

「戦国時代の末期では、江戸時代のように各地で盛んに和紙が作られてはいない。今でも各地で名産品になっている和紙は、近世つまり江戸の中期以降になってからだ。……確かに、ご先祖様は美濃周辺諸国で暮らしていたと言えなくもないが……」

まだ疑っている私に、美波は咳払いをして、調べてきた資料を読み始める。

「美濃和紙の起源は、天平九年頃、つまり千三百年前らしいのよ。その証拠が、奈良時代の『正倉院文書』の戸籍用紙が美濃紙なのよね」

「まぁ、そんなに昔からあるのねぇ……」真紀も加わってくる。

「それに和紙の生産に必要なものは、原料であるコウゾ、ミツマタ、ガンピがとれること。そして良質な冷たい水が豊富にあることなのよ」

「なるほど、うんうん……」

熱弁をふるう美波の唾を避けながら、私は相槌を打っていた。

「その時代、つまり奈良から平安時代の初期は、『日本全国』とは東は関東地方の一部が関の山で、西は畿内と四国・九州の一部ぐらいの視野だろうねぇ」

美波は目を大きく見開いて、待ってましたと言わんばかりに言葉を継ぐ。

「ジジ、そうなのよ。先ほどの和紙生産の条件を適えている場所は、美濃地方しかないのよ。長良川よ！　それに都に近いときているじゃない」

「原料、澄んだ水、それに川の水運。つまり地の利があるということか」

「そうなの、既に平安時代に官営の製紙場が設けられ、『宣命紙（せんみょうし）』という良質の和紙が漉（す）かれていたそうよ」

「フムフム、いよいよ怪しいぞ。明智君！」

真紀の一言で爆笑が起き、緊張感がはじけた。こんなに和やかな雰囲気は孝子の時はなかった。私は家族の大切さ、有り難さをしみじみと実感していた。……なぜあの頃に。

「でも水を差すわけじゃないが、我が家のご先祖様は、農民かせいぜい足軽の身分だと思うが……」

美波は首を上下に軽く動かし、想定内だと言わんばかりに、再び話し始める。

「旨い具合に、民間でも広く美濃和紙が使われ始めたのが、室町・戦国時代の文明年間、一四六八年から一四八七年以後らしいのよ」

パシッ！　私は大きく掌を打った。

「確かに、あの短冊の時代と見事に一致している！」

「……でも専門の先生に聞いてみたの？」

　真紀が妙に冷静になって、美波の顔を覗き込むように聞いてきた。ウインクをしてから美波は応えた。

「松本のママ先生に訊いたの。そうしたら恩師の比企先生が、紙の資質からの推理とはすごい、とても興味が湧くね、ですって！　すぐに紹介状を書いてくれることになったの、名古屋の尾張大学の清田助教授に。憧れの先生なの」

　それを聞いて、私は両膝に拳を当て、グッと力を込めて立ち上がった。

「よし、美濃地方へ出かけてみるか！」

＋

　今度は慎重な姿勢を取ることにした。なんせ交通費も、ホテル代も馬鹿にならない。それよりも学芸員に見透かされるのが嫌だった。

　夕食後、私はいつもと違って食器洗い当番をさっさと片付けると、食卓テーブルの上で、久しぶりに探偵事務所を再開させた。

「お爺ちゃん、美濃の国といっても今の岐阜県でいうと、どの辺りかしら……」

「おそらく北部の飛騨高山市の方ではないだろう。地名も違う。尾張に近い南部の方だろうね」

「なるほど、京の都にも近いし……、当時の政治の先進地帯でもあるし……」

美波は両目でしっかりと私の顔を凝視してくる。孝子の面影がふと湧き上がり、ドキリとしたが、うれしいやら恥ずかしいやらで、内心照れながらも言った。

「戦国時代の末期、もっと絞ると、おそらく信長が登場していただろうね。農民であるご先祖様が火縄銃を持っているのだから……」

「つまり尾張も視野に入れるということね」

「きっとそうだと思うんだ。火縄銃を新兵器として認め、いち早く足軽にまで持たせたのは信長の先見の明だよ」

「あら、よくご存知のこと。今まで読書好きで、家族をほとんど旅行にも連れ出してくれなかったわよねぇ……」

真紀が例によって、皮肉とも恨みとも思えることを言ってくる。私は体をこわばらせながらも、半ば無視して続ける。

「著名な戦国大名でも、家来の高官には火縄銃を持たせていたが、足軽クラスまで持たせようとは考えていない。高価な物でもあったからね」

「それだけ信長は経済力を持っていたのね」美波はつぶやいた。

私は軽くうなずいてから言った。

「では本題に戻ろう。調査範囲は信長の勢力範囲である尾張から美濃地方の下半分だ」

「賛成！　何だかワクワクするわ」

美波は子供のように両手を上にあげて万歳をしていた。これが孝子だったら、どんなに。二十年前の意固地な自分に、吐き気を感じるほど後悔していた。

私は現実に戻り、美波に一言クギをさした。

「でも前の仙台市でもそうだったけれど、名古屋市は大都市でもあるわけだから、当然空襲を受けているからねぇ……」

「そうかぁ……」一転、萎むような声が聞こえてくる。

「でも旨くいったら、過去帳も見つかるかもしれないよ」

「やはり手掛かりはそれね、……つまり②何処でと③誰が、も分かるわねぇ」

「もしかしたら三河地方も含まれるかもしれない」

私は名古屋市がダメなら、次の手も考えていた。つまり空襲の少ない愛地県の東部に目をつけようと思っていた。そこは中小田園都市が集まり、戦争の被害が少ないからだ。ずばり家康の支配地、三河・遠江でもある。賭けでもあった。

「では家康の勢力範囲も入れるわけね。どんどん広がっていくわね」

「そう、家康は信長の律儀な同盟者だったからね、その当時は」

歴史遺物への興味が、現実の夢として、二人の心に広く深くしみ込んでいく。

後日美波は、戦国時代末期に火縄銃が使用された時期を、図書館で調べてきた。

「お爺ちゃん、重要なことが幾つか分かったのよ」

「どんな？」

玄関前の自転車置き場から、一直線にかけてくる。まるで小学生のような笑顔だ。

「十六世紀半ばに日本に伝わった鉄砲が、戦場で武器の主役になるのは、意外に短いのよ」

「へぇ、本当！　どのくらい」

私も自然と声が若返ってくる。美波はまた口から泡を飛ばし、話し続けた。

「鉄砲が種子島に伝わったのは、天文十二年つまり一五四三年、大坂夏の陣が元和元年つまり一六一五年。その後、大きな合戦は幾つかあるけれど、ほんの数えるほどよ、その間七十二年間なのね」

「なるほど意外と短いものだねぇ……」

私は顎に手を当て、一呼吸してから答えた。

「それにお爺ちゃん、全国に普及して、武器の主役になるのはもっと短いの」

「そりゃそうだ、種子島から、直ぐに農民のご先祖様が手に入れられる訳がない」

「そこで良い資料が見つかったの」

「どんな？」思わず顔を右に傾げたまま、唇を尖らせた。

「戦争記録の『軍忠状』があるの。永禄六年から慶長五年、つまり一五六三年から一六〇〇年までの三十七年間の『軍忠状』に記載された負傷者数を分析すると、断トツで鉄砲傷が四十五％、槍や刀傷二十八％となっているのよ」

私はまだ首を傾げたままの姿勢で言った。

「つまり……、農民の鉄砲足軽兵が活躍してきた時期だと言いたいんだね」

「さすがお爺ちゃん、鋭いじゃん！」

美波は右手の親指を立て、思いっ切り反らして見せた。

「へぇ、そんなに短いんだ、驚きだね。とっても有り難い」

「どうして?」

「伝来物の時期を、大幅に絞れるかもしれないからさ」

「元和元年は大坂夏の陣の年だから、もう既に江戸時代と考えてもいいのよね」

「そう、とうに職業的な鉄砲足軽が形成されているからね」

「それじゃもっと絞れるわねぇ」

「ネックは『秀吉の刀狩り』。それによって農民達は逆に武器を取り上げられた訳だからね、鉄砲も」

「そうだったわ。手に入れる時期しか、考えていなかった」

美波はぺろりと舌を出した。私はお茶を一杯飲みながら話し続ける。

「ご先祖様のような農民が、火縄銃を上司よりあてがわれる時期、つまり鉄砲の活躍した時期は、『軍忠状』による一五六三年以降、さらに秀吉の『刀狩り』の前まで、と考えるべきだね。戦国真っ最中の時期だよ」

「そうよねぇ」

「『刀狩り』は……、何年だったかな?」額に手を置き尋ねた。

「一五八八年よ。つまりわずか二十五年間の範囲じゃない、お爺ちゃん!」

美波は指折り数えてから、拳でテーブルをゴッンと叩いてみせた。

二人は食卓テーブルを挟み、互いに見つめ合っている。私はさらに話を続けた。

「秀吉の『刀狩り』直近の頃は、まだ農村には地侍といって、武装した農民も沢山いたんだ。それを秀吉は、武士としてやっていくなら、農村に住むな！　城下町に行け！　という命令を出して、徹底させたのさ」

「それを『兵農分離』政策と言うのね。その結果、地侍は足軽クラスなどの身分の低い武士となって城下町に住む者と、農民として農村に住む者とに分かれる訳ね」

美波の言葉に勢いづいて、私は更に推理を働かせた。

「その通り！　これで農民は農村に、武士は城下町に、とはっきり区別されることになる。……従ってご先祖様は火縄銃を持っているんだから、『刀狩り』より結構前の時代だろうね……、おそらく信長が健在している頃だろう……」

「お爺ちゃん、意外に物知りなのね。驚いちゃった」

美波は、本心からそう思ったらしい。素直な目で私を見つめ続けている。もちろん私も、悪い気がするわけがない。ここでも孝子の横顔が美波に浮き上がり、後悔の念がよぎる。

「さぁ、雑学はここまでとして、さらに追求しよう、手を緩めるな！」

「がってん、親分！」

美波は、岡っ引きが左肩の袖をまくり上げる動作をして言った。それが私にはたまらなく可愛く思えてくる。理知的な孝子と違うところだ。孫は本当にかわいいものだ。

「もっと詳しく絞ると、初期の兵農分離政策を最も早く、かつ断固として実施したのは信長だろう……。それを見ていた家康も遅ればせながら、見習っていったはずだ」

「……ということは、ご先祖様は後世仙台伊達藩に移っているのは確かだから、兵農分離の締め付けのまだ弱い、家康の支配下の可能性もありよね」

「ジジもそう睨んでいるんだ」

二人の意見は、完全に一致した。

「そうそう、古文書が沢山出そうなので、お母さんも同伴して欲しいわ。良いわね、お爺ちゃん」

私と孝子とのコミュニケーションが、うまくいっていないのを気にしているのかもしれない。

『美波も大人になった』と、密かに感じた。

孝子との確執は、大学受験の進路決定時、就職時、結婚問題時、幼い美波を連れての離婚問題時。孝子は自分の意思をキッチリと押し通してきた。ことごとく私と対立して、今に至っている。一方では、余分な波風を立てたくないとも思った。

「美波の思った通りでいいよ。お母さんが来てくれるなら、ジジも大安心だ」

美波は、微笑みながら大きなスキップをしてから、言った。

「それじゃ三人で、まず尾張から三河地方の調査というわけね、親分！」

十一

私達三人を乗せた新幹線は、西の名古屋に向かって走り続けている。

車内ではしゃぐ美波を見ながらも、私はまた故郷の町のことを思い浮かべていた。依然として、過去を追い求める不安を拭いきれない。それにつれ孝子とのつらい思い出も湧き出てくる。今後は果たしてどんな展開になるのか、自ずと不安がつのる。

　列車は新富士駅を通過している。孝子は黙って専門書に目を落としている。

「ジジ、富士山が見えるわ。ホラあんなに大きく！」

「うん」とは言ったが、心そこに在らずの様子だったのだろう。

「また、悲観的な見方をしているんでしょう」

　ずばり指摘され、ドキッとしながらも、作り笑いを浮かべた。

　しばらくして浜松を通過し、名古屋市に到着した。時刻は午前十時だった。ようやく顔を上げた孝子に、美波は尋ねた。

「お母さん、古文書たくさん出るかしら。出たらジジと私を助けてね」

　孝子は、初めて二人の顔を見つめて微笑んだ。が、互いの横顔は悲しげだった。

「今日は仙台と違い時間に余裕があるから、じっくりと回れるわね」

「そうだな、まずはどこへ行こうかな」

　駅前のベンチで、美波は私のリュックから何かを探し出しながら言う。

「尾張大学の清田先生への紹介状を貰っているので、そこで聞くわ」

「それはいいわね、ママも来てくれるわね」

　孝子はコクリとうなずいているが、まだ私は、声をかけることができなかった。

　今日は二人に任せようと思っている。その間、娘は自分関係の土産物を用意した。

電話連絡をすませて、メモを片手に名古屋駅からタクシーで大学に直行した。

そこでは、小柄で少しせっかちなそうな清田助教授が待っていてくれた。孫に気軽に声を掛けてくれる。

「やぁ、君のお母さん、孝子先生は私の後輩にあたるんだ。比企大先生はお元気なんだね。要件は聞いていますよ」

娘の方をしっかりと見つめて話しかけてくる。私の知らない世界だった。

「すぐ本題に入りたいのですが……、手掛かりはありそうでしょうか」

「うん、あるとも、ないとも言えるね」

「と言うと……」

「君も分かると思うが、歴史博物館や資料館に行っても無理でしょう」

「やはり……」美波はガクッと肩を落とした。

「そういう所は、歴史上の人物や、観光・商業ベースで作られているからですよ」

「それじゃ、何処へ行けば……。仙台市では空襲で寺院の過去帳はダメでした。名古屋市も……、三河地方はいかがですか？」

私も必死に食らいつく。美波と孝子の顔がキラリと光ったように感じた。全員の気持ちが、初めて一つになった。

「農民の調査だから、昔の庄屋の末裔の方とか、話に出た空襲にあわなかった、つまり戦災の被害を免れた寺院に行きつけば、可能でしょう」

「ぜひ先輩のご存じの庄屋さんや寺院を紹介していただけますか」

孝子はハンカチで額の汗を拭きながら、自分のことのように尋ねた。

「もちろんですよ。今、院生にピックアップさせています」

「ありがとうございます」

ようやく美波達の顔に安堵感が出て、私も安心する。

「お聞きした通り、狙いは家康の領地の三河地方です。可能性はあります。悪くないですね」

「ありがとうございます」私の方が思わず先に応えてしまった。

「あっ、失礼。お爺さんがいらしたんだ。研究随員の一人に感じていました」

「遅まきながら、お世話になります」と、私は深々とお辞儀をして、土産を出した。

美波はニヤニヤしながら、事の成り行きを見つめている。

「実は私が孫娘と考えて決めました」

「お爺さんとお孫さん・娘さん、仲が良くて羨ましいです。うちの子なんか……」

こぼす先生に同感したくなったが、微笑むだけにした。

「先生、出来ました」

元気な声で院生が入ってきた。書類を受け取った清田先生は、内容も確認せず、娘に手渡してくれた。大丈夫かな、と思ったが直ぐに安心した。そこには豊橋市と岡崎市の庄屋、二軒の実名が記され、紹介状も添付されている。

「不審なことがあれば、電話で結構ですから、聞いてください。研究室の誰かが対応すると思います。

私は外出しますので、これくらいで……、幸運を！」

「お忙しいところ、本当にお世話になりました」

私達は、調査地を確認してから、直ぐに大学を後にした。


さて三河地方と言っても、訪れてみると意外に広い。私達は紹介状にあった東三河豊橋の総庄屋ともいうべき田代家を訪れた。近隣に住宅地が押し寄せているが、門構えはさすがに大きく間口が十メートルを超えるかと思われる。孝子が訪問の趣旨を伝え、紹介状を差し出すと、快く対応してくれた。

「実は鉄砲足軽クラスの農民のことで、調べ物をしています。何かしら手掛かりになる物がないかと、訪ねてまいりました」

「して、そのご先祖様のお名前は？」

一見、日本舞踊のお師匠さんのような、なで肩の老人がやんわりと尋ねてくる。

「それがまだ分からないんです」

「……うぅん、難しいですねぇ……」

一瞬、私は目の前が暗くなり、膝が崩れそうになる。

「お宅様のお名前は？」

「勅使河原といいます」

「いいお名前だ。京の方からいらっしゃったのでしょうかねぇ……」

「いいえ、数代前に、養子に入ったとか聞いています」

私が孝子に代わって答えると、

「それなら尚難しい。おそらくその方、ご長男ではありませんね」

と、視線をずらしつぶやいた。

美波が一呼吸してから、母親の意を察し、思いをぶつけるように尋ねた。

「何かしら古文書のような物をお持ちでしたら、拝見させてください」

「残念ながら先代が蔵を整理した時、古文書類は、かなり処分したり、名古屋の大学の研究室に寄贈したりしています」

落ち込む私達の姿をジッと見てから、田代総庄屋は気の毒そうに続けた。

「ご存じの通り、古文書で扱っている人物は、ほとんどその家の長男なんですよ。長男相続が基本でしたからね……、たとえボンクラであっても」

「確かに、『田分者（たわけ）』の言葉にあるように、兄弟相続にしてしまうと、代を重ねるごとに、田畑は細かくなり、分散してしまいますからねぇ……」

私が言うと、総庄屋の田代さんは軽く笑いながらうなずいた。

「……しかし火縄銃をお持ちならば、ここ豊橋は純粋に農村地帯として続いてきた土地柄ですので、家康公の直轄地である岡崎方面はいかがですか」

「……かもしれませんねぇ。ありがとうございます」

私達は、またしても弾き飛ばされてしまった。駅までの道をトボトボ歩きながら、冴えない会話が続く。

「私達の調査旅行も、行ったり来たりね」美波がつぶやく。

「仕方ないだろうねぇ、ロスが出るのは」私が孝子を見て言った。

孝子は無言でいる。しかし諦めている気配は、全くない。

豊橋から岡崎に向かう普通電車の中で、美波は気を取り直して、膝の上でファイルを広げ、頭を整理している。孝子も本腰を入れて支援しだした。

「もう一度、最初から聞かせて」孝子がハツラツとした声で言った。

「いいわ。前に話した六つのキーワード五w一Hの中で、④何かは、レントゲン写真で銃身、それもライフルがないので火縄銃と分かった。①何時は、火縄銃使用の時期と時代背景から、戦国末期の頃と推測がついたわ。……そして②何処では、美濃紙から名古屋、豊橋と辿って今度は岡崎方面ということね。六つのキーワードのまだ二つしか判明していないのよ。今後どこまで解明できるのかしら……、③誰が、の人物名も分からないのに……」

「いや、ここまでやって来たんだ。もう少し希望をもって頑張ってみよう」

私が激励した時、美波の目に微かに涙が光っているのに気が付いた。孝子はすぐにハンカチで娘の涙を拭いてやった。瞳を覗き込むと、絞り出すような声が聞こえてくる。

「お母さん協力ありがとう……、お爺ちゃんも……」

それは親子以外入り込むことのできない世界に思えた。

十二

列車はすぐに岡崎市へ到着した。時刻は二時だった。美波はまだ沈んでいる。

「大学から紹介してもらった、もう一つの庄屋清水さんの家に行きましょう」

孝子は無理した笑顔を向け、しきりにスマホで電話をし始めた。連絡がついたのを確かめ、私はまた土産物を用意して、三人で、タクシーに乗り込んだ。


その家は敷地は小ぶりだが、蔵を三棟持った家であった。

「お忙しいところ恐縮ですが、鉄砲足軽の農民について調べたいのですが、ご協力お願いできますか」

孝子が率先して尋ねる。

尾張大学の紹介状を見せると、清水さんはこれまた直ぐに承諾してくれた。そして幸運にも、不安を吹き飛ばす言葉が、矢のように飛んできた。

「確かにこの地域は、戦国末期の家康公の支配していた頃には、鉄砲足軽が沢山おったようです」

「そうですか」私は思わず、一歩身を乗り出しながら言った。孝子がすかさず言い添える。

「素晴らしい蔵がたくさん残っていますが、何か古文書類をお持ちですか」

「えぇ、大概の物はあると思いますよ。私は何が何だか分かりませんが……。覗いてみますか」

そう言うと、家主は玄関口に立つ年代物の槙の大横枝をくぐり抜け、一人で蔵に向かって歩き始めていた。

「村方文書か何か残っておりますか」

孝子が専門用語を交えて、尋ねると、

「よくご存じですね。結構残っています」と、すぐ返事が帰ってくる。

美波は叫びたいような顔を私に向けてきた。私も天に拳を突き上げている。

「しかし御触書や検地帳・年貢免状など、お上から下される公の文書類は、地域の研究機関に貸しておりますのでありません。悪しからず……」

「それでは今の戸籍にあたる人別改帳や若者組掟など、ございますか」

孝子が冷静な言葉で問い直した。逞しい、私など足元にも及ばない。

「ちょうど今年になって、蔵に戻ってきたところです」

美波は御主人の後から、蛙のように飛び込んでいった。

私もしんがりに蔵に入ってみると、北海道の本家の蔵とかなり違っていた。文書類がうず高く整然と積まれている。まるで図書館に見える。無骨な農機具類などは、ほとんどなかった。

私はこの地に長く続いてきた社会組織、統治の分厚い歴史や伝統を、まざまざと感じていた。と同時に、蝦夷地に入った祖先の屯田兵達にとって、農機具こそが生きぬくための最大の宝物だったに違いない。蔵はまさに歴史博物館だ、とも思った。気合いがいっそう高まる。

「余り失礼のないようにね」

私の言葉なんて聞こえていないかのように、美波は、孝子の指示通り、あちこちと蔵の中を走り回っている。古文書研究に従事する一端の研究員であった。

「お爺ちゃん、見つけた！」

頭上高く掲げた古文書の表紙には、『若者組掟』と書かれている。

「これは村の若者達が所属している組織の決まりや動向の一部が記録されている物なのよ！」

孝子の弾む声と、美波の小躍りする姿が、私の鼓動を一気に高めていく。今までの厚い鎧に覆われたぎこちない親子関係。どうあがいても、二十年間まったく動かすことが出来なかった錆ついた関係。なぜか薄皮が一枚ずつはぎ取れていく気がしてくる。これは何なんだ。自分は何もしていないのに……。新鮮な感動だった。

その時私の心は、慈愛深い父親の情、それとも単なる親馬鹿な間の抜けた顔だったのだろうか。今となっては思い出すことすらできない。

美波の会話に、「ジジ」とか「若者言葉」が全くなくなっていることに気づいたのも、この時以来だった。孫娘はまた大人として着実に成長してくれている。

蔵の中で孝子と美波は自分達を納得させるかのように、会話を楽しんでいる。

孝子は年表を手に取り、わが子に語りかける。

「戦国時代の末期だから、今は元亀が終わり、天正四年から七年頃、つまり一五七六年から一五七九年の若者組の記録を、集中的に調べているのよ」

「へぇー、どうしてそんなに細かく分かるの？」

美波は感動し、目が点になるほど集中している。二人の会話が、心地よく誘いかけるように流れてくる。歴史知識と違い、今現在の研究活動なのだ。これはワクワクしてくるものだった。

猫背のまま古文書に顔を近づけ、まるで食っているのかと思えるほどの、二人の迫力が伝わってくる。私は家主さんに土産を渡すのも忘れて、外でじっと見守り続けていた。心の中には、すでにジワジワと温かい何かが湧き上がっている。あれほど憧れていた何かが生まれ出ようとしている。

その時また、蔵の外にも聞こえるか、と思われる美波の大声が響いた。

「あった！　移住者がいたわ！」「ホントか！」

「天正五年の記録に、後の仙台伊達藩に移住した農民グループがいることが記録されているわ！」孝子も叫んでいる。

「えっ、でかしたぞ！」私は思わず叫んでいた。いや、叫ばされていた。

すぐに孝子の冷静な言葉も聞こえる。

「待って、残りの記録を読んでみると、えぇ……と」

一行ずつ指でなぞりながら読み進めている。興味津々だが、後ろで美波と待機しかできなかった。古文書のミミズのような字は外国語のようだ。が、私の心臓の拍動は一気に高まる。ドクドクと耐えきれないほど突き上げてくる。美波と私は次第に身を乗り出していた。

「移住したグループは、全員が次・三男坊達なのよ。食い扶持減らしよね、きっと……。中には六男坊さえいるわ。まとめ役、つまりリーダーは次男坊ね。仙台伊達藩の農地拡大と、自分達の人生をかけて移住したのね……きっと」

「伊達政宗やその先代輝宗は、この時期、自国の力をつけるために、農地を積極的に拡大していったんだよ」

　やっと私も口を挟むタイミングがきたと思った。

「そう、その一環ね！　きっと……」孝子が自然な流れで応える。

「それで、ご先祖様の名前は分かりそうなのか？」

せっかちに尋ねた。孝子は妙に冷静な顔で、私を見つめている。

「お父さん、驚かないでね。記されてあるわ、そのリーダー名！　しかも次男坊なのよ！」

「えっ、なんて言うんだ！」

　素早く古文書の字面をのぞき込んだ美波は、もったいぶるように、孝子とニヤニヤ焦らしてくる。

全く妻の真紀とそっくりだ。

「五兵衛よ、五兵衛！」

　孝子の横顔をちらりと見てから、美波が大きな声で言ってくれた。

「五兵衛、でも本当に五兵衛なのか？」真顔で聞き返した。

　全員の頭の中で、同じ思いが駆け巡っていたに相違ない。

『これでキーワード③が分かった！』美波が息を吹き返しながらわざとらしく言ったが、私は顔を半分引きつらせたままだった。しかし孝子は全く冷静だった。

「まだ確定したわけではないのよ。五兵衛さんが、ご先祖様でないかもしれないわよ。もっと別の資料でも確かめなければね」

　大人が子供を諭すような、ゆっくりとした言葉遣いだった。

「でも火縄銃の銃身が我が家に伝わっているんだしなぁ……」

「銃身と人名とは無関係よ」

私は頬を徐々に紅潮させながらも、さらにせっかちに尋ねた。

「で、別の資料はあるの？」

「ありそう……。五人組帳で氏名・持高を確認して村内構成を調べ、それに、人別送一札で戸籍転入者や転出者を調べると、分かるかも……。これから探してみます」

孝子がそう言うと、一転、アナグマが穴を掘り始めるかのように、前足を動かし始め、美波も小さな前足をフル回転して、資料を探し始めている。

日も落ち、蔵の中が薄暗くなりかかった頃、美波達はとうとう探し出してしまった。全くその執念たるや驚きを超え、称賛したくなるほどだった。

汗で額に張り付く髪の毛を両手で払いながら、美波をつれた孝子が言ってくる。

「お父さん、ほぼ決定ね。天正五年前後の記録に、若者組の組頭を務めていた五兵衛さんの名前が、何度か出てくるのよ」

「そうかそうか、ありがとう……。よくやった」

娘の手を両手で、力いっぱい握ってやった。私は涙が出てきそうなのを、悟られまいと必死にこらえていた。歴史の謎の解明だけじゃない、この感動は何なんだ。生きた人間の手の温かみに、それまで感じたことのない、複雑な情感が湧き上がってくる。過ぎ去ったはるか昔の微かな残り火のような……。

孝子も黙って、私の手を握り返してくる。とうとう一筋の涙が溢れてきた。

その後、ひとりサルスベリの花の茂る小道を玄関まで行き、御主人の清水さんにお礼と、今日のあらましを伝えた。

「ありがとうございました。知りたいことが、かなり分かりました」

「それはよかった、お役に立てて嬉しいです」

だが私は古文書類には素人、直ぐに話題に詰まってしまう。腕時計を見ながら、美波達を待っても、なかなか蔵から出てこない。二人で蔵まで戻り、中を覗くと、まだ資料を探している。

「何か他にみつかりましたか？」

「ハイ！　人別改帳を見ています。これが最後ですから……、遅くまで済みません」

薄暗い奥の方から、孝子の生き生きと弾んだ声が聞こえてくる。

「もういい加減にしたら、ご迷惑がかかるよ」

「うん、でも待って……」

その時、清水さんがさり気なく私に話し出した。

「人別改帳は、昔の戸籍台帳に当たるんですよ。もしかしたら家康公が、江戸時代に全国へ広める前の、初期の段階の人別帳かもしれませんねぇ。

それにしても記載されていたとは、奇遇ですなぁ……。普通なら、個人の名前など、残らないんですけどねぇ……、それに次男坊なのに。よっぽど村にとっても大切な人物だったんでしょうか」

「本当ですね、全く有り難いことです」私が答えると、庄屋さんは、首を右に傾げた後、大きく深呼吸してから話し出した。

「お嬢さん、古文書を読みこなせるなんて、素晴らしいですよ。うちの子供達は、三人とも何の興味もなく、全員名古屋市に出て、サラリーマン生活ですよ」

諦めたように両手を大きくひろげ、空を仰いでいる。私は少し自慢したいような気持ちになっていた。孝子達二人が蔵から出てくると、ご主人は嬉しそうに出迎え、話しかけた。

「うちの人別改帳に載っているということは、市内にある大樹寺（だいじゅじ）の壇家だと思いますよ。今日お泊りですね。明日寄っていければ、ご先祖様の供養にもなりますよね」

「そうですよね。本当に長い間、お世話になりました。この御恩は決して忘れません。この蔵に住み込んでいたいくらいです」

「アッハハ……、またいつでも来てください、お嬢さん」

孝子と美波は、地べたに這いつくばるようなお辞儀をしている。私も慌てて、お辞儀をしてから、別れた。


時刻は午後の七時を回っている。とっぷりと夕闇に覆われていた。その日は、名古屋の安いビジネスホテルに宿泊した。夕飯の時、美波は饒舌になり、甘えるような声で話しかけてくる。

「ねぇ、爺。私、今回の調査旅行の件を、高校の自由研究論文にしたいの。いいでしょう」

「もちろんだよ。お爺ちゃんも全面的に賛成だ。ママもそうだね。いつもそうだったんじゃないか！」

こんなセリフを、今になって言える自分が信じられなかった。満ち足りた幸福感と共に、心の中には、その言葉がはち切れんばかりに膨らんでいく。

『本当に、可愛いやつだ！』

何がそうさせたのか、私には分からない。

十三

翌朝、孝子は私に言ってきた。

「今日の予定は決まっている？」

「……別に、言われた所についていくよ」

その素直なセリフが、孝子の気持ちを少しずつ解きほぐしていったのだろうか。照れくさそうに返事をする私の顔を見て、かすかに微笑んでいる。

「実は昨日、もう一つの資料を見つけていたの」

「どんな？」美波と私が、同時に訊ねた。

「奥印帳といって、村役人が持っている帳簿で、主に土地売買の控えになる物、それを元に名寄帳ができるのよ、江戸時代には。これは農民個人別の耕地を集計した物だけど、この時代だから完全な物ではないかもね。……実は名前が、本当に五兵衛さんか自信がなくなってきているの……」

朝食後のロビーでの突然の言葉に、小型旅行バックを肩から下げたまま、また振り出しかとウロウロしてしまった。しかし二人を応援する私の気持ちは固まっている。

「信じよう！　資料を。この地域は、農民支配でも先進地帯だからねぇ……、社会制度の初期とはいえ、さすが家康公の支配地だけはあるからね」

孝子は私の言葉にうなずくと、意を決して続ける。

「もちろん五兵衛さんは、次男坊だから直接耕地を持ってはいないわ、でも名前がよく出てくるのよ。長男に代わって、積極的に活動していたようね」

「へぇ……、五兵衛さんって偉いんだね」

美波が思わず漏らした。それは私の気持ちでもある。

「ところで昨日までに分かったことを整理したのかな？」

「もちろんよ。最大の収穫は、五ｗ一Ｈのキーワード③誰か、が判明したことよ。これでかなり調査活動がし易くなったし、調査範囲も大幅に絞れるわけよ。……つまりロスをしなくて済むということ。とくにスポンサーのお爺ちゃんにはね」

「いいよ、気にするな」とは言ってみたが、正直費用の面では厳しかった。

「さぁ、今までの成果をまとめて聞かせて」孝子が美波に催促した。

「キーワードをまとめると、まず①何時は戦国末期の元亀から天正五年頃。②何処では、三河地方の岡崎。③誰がでは、五兵衛さんと判明。④何をでは、火縄銃の銃身。⑤どのようにでは、グニャリと曲がった銃身。⑥何故では、そのグニャリの意図は、全く謎！」

美波はここまで言って、右拳を左掌にねじ込んだ。いつもの癖だ。私は、

「うん、よくここまで解明できたものだ。立派だよ」

と、美波の両肩を軽くポンと叩いた。

「うぅん、お爺ちゃんのお蔭よ。でも、肝心の⑤グニャリと⑥何故に、きっと何か隠されているのね、ドラマが……。そう私は信じたいわ。そして知りたいのよ。それは永遠に解けない謎かもしれないけど……、ロマンなのよ」

ふと見ると、孝子が母親の顔で、優しく見つめている。……キリンの眼だ。

「でもお婆ちゃんはがっかりだろうな。単なる鉄のガラクタに過ぎないし、とてもじゃないが金になる代物ではない。……夢が砕けたわね」

美波は軽く微笑んでから、空に向かって大きく背伸びした。

「あぁ、悔しいけど解明はこれでジ・エンドか。でもスカッとしたわ！」

美波の気持ちを慰めたいと思ったが、言葉が見つからない。仕方なく黙って空を見上げた。白い雲間に、なぜか今までの出来事が次々と浮かんでくる。それも失敗談ばかりが……。

以前の自分ならば、何とか改善しょうとムキになって活動し、結局は周囲の気持ちや立場を踏みつぶしてしまい、惨憺たる状況を作り出してしまったものだった。

今は相手の考えをそっと支えることも有りか、と思えてくる。

「さて、これからどこへ行こうかな？」と美波。

「当然、大樹寺でしょう。庄屋の清水さんが話してくれた……」と孝子。

「ご先祖様、五兵衛さんの供養をしてから帰ろうか」と私。

それを聞いて、孝子が娘と同じように空を見上げ、ゆっくり回りながら言った。

「みんなで空を見るなんて、やはり親子三代ねぇ。名前が判明、来た甲斐があったわ」

「本当にありがとう、お母さん。感謝感激でした、さすがプロね」

美波が私の顔を見ながら言った。それに促されるように、私の口からも素直な言葉が出ていた。

「本当だね、その通りだ！　孝子ありがとう」

孝子は顎をすこし上げ、照れくさそうな顔でいる。

「いなければ、名前解明のチャンスを逃すところだったわ」

「かもね。お母さんはここでお別れね。松本に帰らなければ……、仕事が待っているの。以後の幸運を祈るわ」


岡崎の駅で孝子と別れ、私達はバスの停留所に向かった。プラタナスの街路樹の木陰でも残暑が厳しく、セミのあがき声が暑さを倍増させてくる。

市バスに揺られ家並や街路樹を漠然と見ている間、私の心にそのことが、当然のこととして浮かび上がってきた。

『……我が家の七不思議、〈○兵衛〉である。五兵衛の名から自然と頭に浮かんできたらしい。今まで、伝来物に夢中のあまり、気が付かなかったのだが……。

そこに何か関係があるのだろうか……。もしそうならば、五兵衛さんにがぜん真実味が出てくるのだが……、余りにもでき過ぎだろう。問題は、その因果関係である。これは私の幼少期のことであり、むろん娘や孫や妻でさえ気づいていない。

だが筋書きとしてならば、面白いかも……』

座席で腕組をして、一人考え続ける。一段と猫背になってくる。

「ガタン、ゴトン！」

時折、路面の段差でバスが揺れる。ハッとさせられながらも、遠い記憶の甦りを促しているようにも思える。独りじっと下を見ながら、何度も考え直した。

『もしかしたら……、私の改名前の名前につけられていた○兵衛、確か……、直ぐには思い出せない。一度は捨てた名前である。しかし我が家で、代々伝えられてきた不思議な慣習。そして伝承物。所有者は五兵衛。間違いなくこの間には、密接な関係があるのか。いや、あるに違いない！　そうでなければ、大事に守って、子孫に伝えるものか！』

バスは街路樹の傍、青い屋根のある小奇麗なバス停に止まった。そこで降り、周囲を見ると、道路の向こう側に十メートルを超える山門がそびえている。

空に反り返った、二層の屋根をもつその景色の中で、瞬時に記憶が甦った。

『紫兵衛だ！　間違いない』私は独り心の中でつぶやいていた。

大樹寺の山門前の道路を二人で渡る頃には、妙な胸騒ぎが湧き上がってきた。

「何やら看板が立っている」

美波は、明るい声で言った。すぐにメモを取りながら読み始めている。

「徳川家の菩提寺なのね。きっと江戸時代を通して、大切に管理されてきている寺よ。いろんな古文書類も沢山あるわよ、間違いなく……」

「研究論文に使える資料があればいいね。きっとあるかもしれないよ」

思わせぶりに言う私の顔を、孫娘は、怪訝そうに見つめている。

「このお寺で丁重にご先祖様の供養をしてから、帰りましょう。バァバが首をながくして待っているわよ。がっかりした顔も思い浮かぶわ」

と、美波はサバサバした顔つきで言ってきた。

十四

私達は大樹寺の壮大な山門を、前かがみで神妙にくぐり抜け、境内に入った。広い中庭の真ん中で、鐘楼が迎えてくれた。

「これらは徳川家光が建立したものらしいわよ、お爺ちゃん」

「うん、さすがに一時代を作り上げた徳川家の菩提寺だけあるね。歴史の浅い北海道では、とても見ることなどできないねぇ……」

二人はさらに奥に進み、本堂の建物に見入っていた。

「この寺には幕府を開く前の、松平家八代の廟所があるのよ。家康の祖父にあたる清康の建てた多宝塔は国の重文、一五三五年、室町戦国期よ」

「そうか、まさに戦国末期に生きた五兵衛さんの時代におよそ符合するね」

その時、向こうから若い修行僧らしき人が、小走りにやって来るのが見えた。日差しを避けるよう

に、片手を額にかざしながら、

「何か御用でしょうか」

と、尋ねてくる。鼻筋の通った律儀そうな顔で微笑むと、白い歯がのぞいた。

「実は、私達の先祖の供養と思いまして、突然で失礼ですが、お伺いいたしました。可能でしょうか」

「それはもう、結構なことでございます。いま上人様に伝えてまいります。して、あなた様のご芳名とご先祖様のお名前は？」

「私達は勅使河原と申します。先祖は四百五十年ほど昔、天正年間の人です」

美波が直ぐに補足する。

「名前は、五兵衛と申しまして、人別改帳に記されておりますので、当時こちら様の壇家だったと聞いております。農民なので名しかありません」

修行僧は古さに驚きながらも真剣に聞き取ると、急いで奥の建物に消えていった。私は周囲をキョロキョロしながら、手持ちぶさたに美波に問いかけた。

「時代的には五兵衛さんにピッタリなんだから、何か資料がないのかなぁ……」

孫娘の研究にプラスする物が見つかって欲しいと、祈るような気持ちであった。

「でも、一介の農民グループの古文書なんてあるかしら……、ここは天下の徳川将軍家の菩提寺よ。願う方が無理じゃない。応援はうれしいけど……」

美波の方が現実的だった。それもそうだと思うと、私の気持ちも現実的な方に流れていった。

「ジジは、こんなご先祖様の供養なんてしたことがないんだけど……、どのくらい包めばいいのかな？」

　口をへの字にきつく結び、思案顔で漏らした。

「私だって、分かんないわよ」

　首を振りながらも、私の目を見据えてさらに言ってくる。

「気取ったたって仕方がないわよ。今はこういう訳で、云々しか持ち合わせていない。正直に、誠実に言うしかないいんじゃない」

「確かに、美波の言うとおりだ」

　また一本取られたような気になってくる。何気ない後ろ姿にも、大人になっていく様子が感じられ、無常の幸福感が湧き上がっている。

　三十分ほど経ち、上人が先ほどの修行僧を連れて大股に現れた。肩からずれかかった袈裟を両手で直しながら、私達の前で立ち止まった。

　直ぐに上から下まで嘗め回すようにジロジロと見つめ始めてくる。心の中を覗き込もうとする鋭い視線だ。身じろぎ一つしない。

　鐘楼の前で、私の身体は石のように固まってしまった。不審者と疑われているらしい……。数分してから、上人はようやく口を開いた。

　今度は質問攻めである。

「失礼ながら、あなた方は五兵衛さんの子孫の方なんですね？」

「えぇ、そうだと思いますが……」

「思いますとは、摩訶不思議ですね……、どうしてそうと？」

美波が私の横顔をチラリと見てから、冷静に口を開いた。

「本家に伝わる、謎の伝来物を調べて、やっとここにたどり着きました」

「ほぅ、その伝来物とは？」上人は口をとがらせて更に訊いてくる。

「初めは何だか分からなかったのですが……」

そこまで言うと、上人は片手でさえぎり、逆に更に鋭く尋ねてきた。

「火縄銃に関する物では？」

私の臓器は、急激に引き上げられた深海魚のように、口から飛び出し、眼球も出目金のように今にも飛び出さんかのようだ。口元もワナワナと震えてくる。

美波も大きな目を見開いたまま、フリーズしている。二人は首でうなずくのがやっとだった。言葉が喉に詰まって出てこない。

「やはりそうでしたか」

上人はようやく穏やかな顔で微笑み、自分を納得させている様子だった。

「実は、いつかこの日が来るのでは……と、予感していました」

私はようやく顎の骨が落ち着き、ややどもりながらも尋ねた。

「な、なぜ上人様は、そ、そこまでご存じなのですか？」

「まぁ、話せば長くなりますので、一度中へ」

私達は思わぬ招待を受け、誘われるまま、寺の中へ吸い込まれていった。

十五

それからの流れは、私達二人の貧弱な想像など、遥かに超える展開で進むことになった。まず上人は、私達を待たせたことを、丁寧に詫びてきた。

「先ほどは長い間、外でお待たせした失礼をお許しください。……言い訳になりますが、もしかしたら、貴方にも関係のあるかもしれない物を探していたのです。確認するためと言ってもいいでしょう」

「徳川将軍家の菩提寺で、一介の農民である我らが先祖の関係物ですか？」

美波に顔を向けると、同じようにしきりと小首を傾げている。

「……全く思い浮かびませんが……」美波がやっと言葉をはき出した。

上人は顎を少し高く上げ、微笑ながら私達を見ている。自分だけが知っていると言わんばかりの余裕のある顔だった。私達は益々混乱してくる。

「まず話の展開を分かり易くするため、初めから説明させてください。少し時間を頂きたいのですが、ご都合はいかがですか？」

二人はふるえる子犬のようにうなずくと、上人はとうとうと話し始めた。

「……時は戦国末期、本寺の中興の祖とも言える十三世登誉(とよ)上人がおわした頃のことです。信長公が桶狭間の戦いで駿府の今川義元殿をお討ちになり、十九歳の松平元康、後の徳川家康公が、敗軍の将となられた直後のことです」

次々と歴史上の有名人や合戦が登場し、一体何があったのかと、私の心の中は右往左往している。美波も相変わらず身じろぎ一つしないで、聞き耳を立て目をランランと光らせている。

「元康公は、織田軍の兵に追われ、この大樹寺に逃げ込まれました。総大将の今川義元殿が討たれたことで、もうこれまでと、戦国の世をはかなみ、ご先祖の松平八代の墓碑の前で、自害されようといたします」

「家康公……、自害されようとしたことがあるのですか！」

私はゴクリと唾をのみ込みながら尋ねた。

「左様です。織田の残党狩りの兵が本寺を取り囲みました。しかし当寺では、みすみす檀家人を敵に渡すようなことはいたしません」

「それで……」と、美波は待ちきれぬように先を促した。上人は茶を勧めながら、自らも一口飲干すと言葉を継いでいく。私はその仕草をじっと追っていた。

「そこに登誉上人の高弟でいらした祖道（そどう）和尚が出てきて、一説には五百人の寺僧と共に戦い、織田の残党狩りの兵達を蹴散らし退散させた、と言われております」

「……ほぅ、家康公は助かったのですね」

私が身を乗り出して言うと、美波が肘で押しながらささやいた。

「だから幕府を開けたんでしょう。少し黙っていて！」

上人は、笑いを堪えると、再び話し続ける。

「ちなみにこの祖道和尚は、戦国武将大原景顕の弟で、筋骨隆々の人でした。撃退の折、山門の貫抜棒を引き抜き、それを振り回したそうです。その現物が、今でも当寺に貫抜神として残っております。この縁で後世、家康公より駿府に西福寺を与えられております」

歴史は凄い！　私はしだいに目の眩むような重厚な流れを、肌で感じ始めてきた。

「ここまでが前段階です。いよいよ本題に入ります」

私達は一段と緊張し、正座し直すと、自ずと神妙な顔になっていった。

「さて五兵衛さんに直接関係するのは、登誉上人です。その記録を残したのが、この祖道和尚なのです」

「記録と言いますと、誰の記録なのですか？」

「五兵衛さんのことに決まっているでしょう、お爺ちゃん。だんまり！」

また孫娘が隣で耳打ちしながら、私の座布団の端を引っ張っている。

上人は、今度は声を上げて笑い出したが、すぐ真顔に戻って続ける。

「……記録と言いますか日記と言いますか、『五兵衛記抄』という古文書を残しておりました。おそらく登誉上人からお聞きした話の断片を、整理してまとめた物と思われます」

「『五兵衛記抄』というのですか」

私は我慢し切れなくなり、三度目の口を開いた。上人は一度うなずくと、続ける。

「これが誠に奇妙な物で、今は当寺にありますが、元々は西福寺の本尊下の須弥壇の奥に、隠すように保管されておりました」

「隠すように……」

今度は、美波が刃先のような鋭い視線のまま口を開く。

「左様……、黒い奉書に包まれておりましたが、それは本来奉書に使われた紙を再利用したものではないか、保管のために……、と思います。そもそも奉書は、将軍から下されるものですから、『五兵衛記抄』と関係がないことは明らかです」

「その奇妙とは？」さらに追い打ちをかけて、私は訊いた。

美波はうなずきながらも、両膝に乗せていた手に、力瘤を作りはじめる。

「包み紙の表面に『禁書』と書かれていたからです」

私達は身を乗り出すようにして、ほとんど同時に、上ずった声をあげていた。

「何故なのですか？」

「分かりません……。世の中に知られたくない、知らせない方が良いだろうと、考えたのかもしれません。恐らくそうなのでしょう……」

「……して、その内容は？」孫は首を傾げながらも、目は研究者のそれであった。

「分かりません。私共も何度か読もうと思ったのですが、祖道和尚を思うと、そっとしておいた方が良いのではと……、初めだけで止めました」

何度もうなずいた後、美波は毅然とした声で哀願した。

「ぜひ拝見させてくれませんか！」

美波は胸の前で両手を合わせている。その手が小刻みに震えていることさえ気付いていないかのようだった。

尚も上人の目をジッと見つめ続けている。一瞬でも逸らしたら、すべてが永遠に消滅してしまうかのように……。

上人の頬が微かに痙攣し、目にためらいが見える。確かに禁書となっている文書を、何者かも定かではない私達に、見せる訳にはいくまい。

……いつしか沈黙の時が流れていく。額に汗がにじんでくる。美波は唇をかんだまま、上人はノミで彫り出したような鋭い目のまま沈黙している。

突然、美波が上人の目の前までいざり寄り、畳に鼻先を擦りつけるようにして言った。その声は、喉の奥で転がり、半オクターブほど高くなっていた。

「どうかお願いします。是非！　是非とも、お願いいたします！」

荒い息を吐き、気の毒な程もがいている。更に前のめりになると、額に垂れた前髪が畳に擦れた。

それを見た上人は「フウッ」とため息をつき、遠くを見るような目つきに変わった。私もつられて小さなため息を吐くと、口が無意識に動き出し、なぜか今までのことを語り始めていた。

「……そもそもきっかけは、北海道にある本家の『蔵』整理で偶然見つけた、古い謎の伝来物でした。そこでも手を触れてはならない。そっとして置くように、と言い伝えられていました」

「えっ、手を触れてはならない？」

今度は、上人が驚きの表情を見せてくる。そして身を乗り出したずねてきた。

「そこに在ったのですね、西福寺に保管してあった銃身が、いつの間にか持ち出され、行方知れずだったのです。数百年もの間……」

それも意外な話だったが、自分達の話を続けた。

「初めはグニャリとU字型に曲げられた金属の棒にしか見えませんでした」

「グニャリと曲げられていた？　それも不思議ですね」

「ある研究所で、エックス線撮影をしてもらったところ、火縄銃の銃身であることが判明しました」

「して、どうされました？」

「次に、その遺物の下に敷いてありました古い和紙の短冊を見つけましたが、そこに残されていた文字も、結局のところ『○こそが□の▼人なり……』としか判明できませんでした。虫食いが多くて……」

「そうですか……」気の毒そうに呟いている。

「何か、そこに一つのドラマが隠されていると思うのですが……」

美波は懸命に涙をこらえながら訴えた。私も切なくなってくる。

「その後、先祖を辿るため、仙台市の寺の過去帳を探しましたが、先の大戦の空襲で焼けてしまっていました。一時は諦めたのですが、短冊の紙質に注目し、それが美濃和紙と分かり、この辺りに辿り着いたしだいです」

「ほほぅ……。そう言うわけでしたか」

「それともう一つ、我が家に伝わる奇妙な慣習がありました」

「慣習ですか。今はもうないのですか？」

「私自身が断ち切りました」

美波も一転驚き、胸ポケットからいつもの記録用の赤い手帳を取り出し、刺すような目線を浴びせてくる。

「それはどのような？　差支えがなければ……」

私は少し恥ずかしくも思ったが、思い切って話し始めた。

「代々、我が家では、何故か次男坊にだけ○兵衛という名前をつけるのです。私の幼少期の名前は紫兵衛でした」

クスクス……と、美波が手帳を揺らしながら、もう笑い出している。

「小学校入学時に、このように笑われると恥ずかしいと、改名をしてもらいました」

上人は片方の眉を吊り上げ、思案顔でいる。それから直ぐに尋ねてきた。

「して、その名付ける訳は？」

「全く分かりません」誰を見つめるでもなく、漠然とした目で応えた。

「分からない……」と。

上人は腕を組み、更に首を傾げたままジッとしている。

「五兵衛さんが次男坊だったことに由来しているのかも……」美波が言った。

「確かに、五兵衛さんを偲ぶため、代々の次男坊に託したのかも……」

上人も独り言のように、呟いた。

私はむしろ心の中がサバサバしてきた。もうこれ以上迷惑をかけることはできないと思い、座り込んでいる孫の肩に手を置き、お暇をしようと立ち上がった。

「しばしお待ちを……」上人の伸ばした手が、宙で止まった。

その後、私達に真正面から向き合うと、一段とおごそかな声で話し始める。

「今まで伺った数々の不思議で奇妙な出来事、伝承物をもとに考えると、おそらく五兵衛さんの御子孫かもしれません。いやきっとそうでしょう。従って、……この禁書の内容確認ができる資格を、お持ちのようです」

美波は思わず息を呑み、吐きだす空気を震わせながら、次の言葉を待っている。

「ご存知のように、当寺には国の重要文化財に指定された文書・物品が多数ございます。しかしこの禁書はあくまで私的な物と心得ております。また仮に大学等の研究機関にお預けしても、個人的にのみ目を通してください。世間に公表しないという絶対条件を厳守するならば、厳守ですぞ！　この資料をお貸しいたしましょう。読み終えたならば、必ず私どもに返却してください」

美波は顔をクシャクシャに崩し嬉しそうな顔をした。こんなに喜ぶ顔は、今まで見たことがなかった。そして私の方も、それ以上の顔つきだったに相違なかっただろう……。

その後、禁書古文書は桐の小箱に入れられ、さらに葵の家紋の風呂敷に包まれ、大樹寺より手渡された。私達は有頂天になって大門から出たが、冷静に考えてみれば不安がなくもなかった。

「お爺ちゃん、農民階級に過ぎない人間の記録って、残ることあるの？」

私も首を傾げながら応える。

「確かに……、特別な何かに関係しなければ、有り得ないだろう」

「それが常識よね」美波は再認識した。

「でも現実に、こうして残っているんだから、何か重大なことに関係しているかもしれないね」

「そうとも言えるわね、だったら面白いと思うわ」

……思い出せるのはここまで、無上の幸福感だけが、鮮烈に心に刻まれている。

帰宅後すぐ美波は、ライン電話で孝子に支援を求めた。当然、孝子は驚きと大喜びしながら引き受けた。親子・身内なので、内覧はもちろん許されるだろう。しかし研究所に持ち込むわけにはいかない。東京の私の家で、親子二人が中心になり、禁書古文書の解読に取りかかることになった。それは私と真紀にとっても、無上の喜びであった。昔日の安らぎ溢れる団欒が戻ってきそうな気がしていた。ぜひそうあって欲しい……。

こうして成り行きではあるが、親子三世代の共同生活が始まった。私が自ら望んだわけでもない。孝子が申し出たわけでもない。この突然生れ出た古文書は、互いの見栄と面子が編み上げた冷たく硬い城壁にどんどん大きな穴を開け、破壊していった。

第二部　五兵衛記抄

禁書『五兵衛記抄』祖同上人記す

是は、本寺の檀家、五兵衛なる者の数奇な運命を記したる物なり、断じて世に流布してはならじ。

（味方ヶ原合戦の事）　（信長公記抜粋　太田牛一より）

是は遠州表の事。霜月下旬、武田信玄、遠州二股の城取り巻くの由、注進これあり。…早、二股の城攻め落とし、其の競ひに、武田信玄堀江の城へ打ち廻り、相働き候。家康も浜松の城より御人数い出され、味方が原にて足軽ども取り合い…既に一戦に取り向かう。武田信玄、水俣の者と名付けて、三百人ばかり、真先にたて、…推し太鼓を打ちて、人数かかり来たる。…十二月廿二日、…家康公中筋切り立てられ、軍の中に乱れ入り、左へつきて、味方ヶ原のきし道の一騎打ちを退かせられ候を、…信玄は勝利を得、人数打ち入れ候なり…。

（以下の現代語訳　R大学史学研究室　勅使河原　孝子）

私設助手　美波

一

（五兵衛、見張り中、威嚇発砲の事）

時は元亀三年（一五七二年）神無月（十月）、信玄は二万五千の大軍を率いて甲斐を進発、西上の途についた。目指すは信長であり、瀬田の唐橋に、風林火山の旗をなびかせようとしている。

その年の師走、遠江の『三方ヶ原』では、家康を鎧袖一触、脱兎のごとく浜松城に逃げ帰らせ、信長を最大の危機に陥れていた。

そして今、三河の野田城を包囲して一か月が過ぎようとしている。吉祥山に連なる里山の木々の葉もいつしか枯れ落ち、つるべ落としの夕暮れ時には、梢が長い影を落としていた。城脇の豊川の水流もやせ細ってきている。

長期戦となり、両陣営には倦怠感さえ漂い始めていた。しかし信玄にしてみれば、冬のこの時期、温かい三河の地で軍団を休ませたいという意図もあった。

一方野田城では、城将菅沼定盈（さだみつ）の率いる四百の兵達が、城を死守している。粗末な小城の周りには、二重の柵がめぐらされ、水をたたえた堀が、夜には冴え冴えと晴れ渡った真冬の月を映し出していた。過去、この城は今川・松平と主を替え生きながらえてきたが、今や家康も援軍を出せず孤立している。

その陣中に鉄砲足軽の五兵衛がいた。

足軽は侍大将の緊張感から比べれば、気楽なものである。城内から敵を見張る役を一日交替で果たせばいい。それで日々の食にありつけるのだ。

「どうせ甲州軍団が本気で動きださぁば、こげな小城などひとたまりもあるまいが」

足軽の五兵衛にさえ分かり切っている。

「俺達を生殺しにする気か、甲州め！　城からもきっと寝返る奴も出てくる……、そぎゃん時は、何としても逃げ出すらぁ」と五兵衛は決めていた。

……それが戦国の世の常である。

今日も、城の西壁に開いた鉄砲狭間の下で、五兵衛は居眠りをしていた。頭上には黒松の枝が傘の様に覆いかぶさり、西日を遮るうってつけの日陰を作っている。火縄銃を左肩に立てかけ、しゃがみ込むようにうずくまっていた。

暮れ六つ時（午後六時）、寒さにふと目を覚ました五兵衛の耳に、城内のどこからか、風の息がはこぶ雅な笛の音が聞こえてくる。

冬の乾き切った空気を震わせる、甲高い哀調を帯びた音色であった。目を擦りながら、後ろを振り返っても誰の姿もない。

「そぎゃんしてもよく響き渡る笛の音だわ……」

首を長く伸ばし狭間から外を覗くと、時折ざわめく闇の中、点々と広がる敵軍の篝火が、地上に降った星々のように輝いていた。

五兵衛は口の乾きと、異様な気持ちの昂りを覚えてきた。いつしか懸想をかける栄の事が浮かんでくる。

だが鉄砲足軽の生活をしている五兵衛になど、栄は見向きもしない。

「詮無い事だで……、あと半刻もすれば交代だわ、引き上げ支度でも……」

ノッソリと立ち上がり、右腰にくたびれた鹿皮の胴乱（物入れ）を縛りつけ、中に口薬（火薬）入れと玉袋をしまい込んだ。火縄銃を右手で杖の様に持ち、中腰になりながら、何気なくもう一度、狭間から外を覗いてみる。

一番手前の篝火は一層赤々と焚かれている。交代の時なのか人影がない。しばらくぼんやりと眺めていると、時折、火のはぜる音に混じり、かすかな人の気配が感じられる。

「サクッ、サクッ」

と落ち葉を踏みしめる音。

数日来、甲州の金堀衆が井戸の水脈を断とうと、野田城の側面に穴を掘り続けている。

『誰かいるかの、金堀人夫か？』

外に突き出た力こぶのような黒松の大枝でよく見えない。掌を丸め耳に当てると、確かに歩み寄ってくる気配がする。

昨夜も、見張りの鉄砲足軽の放つ銃声が響いていた。

『帰りがけの駄賃、一発狙撃でも……。生殺しにしゃがって！』

と、五兵衛は他愛のない事を思い浮かべた。

しかし夜間の狙撃である、なかなか当たるものではない。

火縄銃の射程距離は二百五十間（約四百五十m）、実効距離は五十間（約九十m）である。

『外れて元々だで……』

遊び心が、気持ちを楽にしていた。

そう決めると、直ぐに火縄銃の射撃の準備を始めた。

火打石で二尺ほどの長さの火縄の両端に火をつけ、それを巻いて右腕に通した。上向きに立て掛けた筒を左の小脇に抱え、右手で口薬入れから一発分の粒子の荒い胴薬を取り出し、巣口（銃口）より注ぎ入れる。そして割玉を押し込み、カルカ（筒先から弾丸と火薬を突き固める槊杖）で入念につき固める。さらに銃を起こし水平に持ち替えると、すぐに火皿に粒子の細かい口薬を注ぎ込み、火挟み（撃鉄）に火のついた火縄の一方を挟み込んだ。

ここまでは手慣れた作業である。火縄が火皿に触れないように、火蓋はしっかりと閉じている。

堀の水面には不気味なほどの細い月が漂い、風の息は尚も妖艶な響きを切れ切れに運んでくる。

鉄砲狭間から巣口を突き出し待ち構えていると、漆黒の闇の中、篝火の炎が照らし出す赤い光の中に、その人影はゆったりと歩み出てきた。二人連れである。鎧は着ていない。

『……奴等は、笛の音に誘われて出てきたに違いないだわ』

と思いながら、ゆったりと先を歩く男を標的に決めた。

標的は篝火の向こうに立ち止まると、丸太の様な太い両腕を胸の前でがっしりと組んだ。揺れる赤い炎で、肌着の白い襟元が桜色に染まって見える。その上半身は岩の様にずんぐりとした大柄な体躯をし、鋼のように強靭な精神を宿しているかのように思えた。跪いて数歩後ろに控える従者と、風上に向かい何やら語り始めている。

『武者じゃがや！』

すぐに狙撃体制をとる。

右片膝をつき右脇を締め、引き金を輪のように包み込む用心金に右手人差し指をのせた。鼓動が一気に高まる。巣口の上にある先目当てと、火皿のそばにある前目当ての二点が、標的と一直線になるよう首をやや右に傾け、右目で狙いをつけた。右肩は台株（銃把）をしっかりと支え、左手は長く伸ばし銃床を握っている。息を止め、そっと火蓋を切った（開けた）。

標的までの距離およそ四十間（約七十二ｍ）。右手人差し指を引き金に移した刹那、五兵衛は「おや？」という妙な経験をしていた。

『標的が動く……』

大きく膨らんだり、小さく縮んだりするのだ。それも微かに……。頭を左右に振って、再度右目で狙いをつけたが、標的はいっそう膨らみ大きくなっていくように感じられる。

『ゆらめく炎のせいだろう……』

と思いつつ、膨らみの頂点で、引き金にのせた右手人差し指を、一気に折り曲げた。

「カチッ！」

火縄を挟んだ火鋏が、火皿の上に落ちると同時に、火種は口薬に点火し、銃身の奥に詰められている胴薬を誘爆させ、巣口より火花・白煙もろとも、鉛の球を標的に向け、激しく吹き飛ばしていた。

「ズドン！」

標的はビクッと両肩を上げ、伸び上がるように頭を後ろに反らすと、篝火の赤い光の中から、足下の黒い闇の中に、溶け入る様に消えた。

「しめた！　ざまぁ見やがれ！」

五兵衛は小声でうなずくと、そそくさと立ち去っていった。

二

（武田信玄、野田城総攻撃の事）

数日が過ぎた。野田城の周りには、相変わらず二万五千のおびただしい甲州兵が、アリの様に群がり、手前のススキの枯野から遠くの雑木林まで覆いつくしている。見える限り民家は焼き払われ、周囲に広がる田畑は跡かたもない。

五兵衛は、いつもの様に一日おきの見張り番に立っている。時折、鉄砲狭間から覗いても、甲州軍団の動きには何の変化もない。

足軽にとって、今が楽しければ良い。昼飯時には、馬鹿笑いだけが響き渡っていた。


だが異変は着実に起き始めていた。

「大変だ、大変な事が起きた！」

城内の井戸水が断たれ、炊事兵の絶叫が瞬く間に城の隅々まで伝播していく。

「ちぇ、金堀人夫の仕業か」と、五兵衛は舌打ちをしながら外を覗くと、敵方の炊事の青白い煙が無数に立ち上り、朝もやの様に野辺を覆ってきている。

甲州軍団が、にわかに騒がしくなってきているのだ。

見張りの足軽が、顔色を変え、本丸の中庭に飛び込んでくる。城内は騒然としてきた。

城将菅沼定盈は、苦しい決断を迫られている。

『このままでは死を待つ、だけだぎゃ。そう簡単に……』

浮足立つ気持ちを必死で押さえながら、五兵衛は思っている。

さらに半刻ほどすると風が動いてきた。空を見上げると、武田の侍大将達の幟（のぼり）が、朝日を受け、次々と立ち上がっている。それにつれ、次第に見事な隊列が整っていく。

『風林火山』の幟が、『諏訪法性』旗と共に遠州灘から吹き付ける強風を受け、「バサバサ……」と、武勇を鼓舞するが如くちぎれんばかりになびき、大太鼓が野太い唸り声を響かせている。

先陣の小山田信茂・山県昌景隊。二陣の武田勝頼・馬場信房隊。本陣の信玄。その左右脇陣には内藤昌豊・秋山信友隊。そして後陣には穴山信君隊。甲州軍団はいよいよ蠢き始めてきた。

……ほら貝の合図とともに、武田の騎馬軍団が、巨石を押し流す濁流の如く、足軽隊を蹴散らし突撃してくるであろう。怒号と血飛沫の修羅場になるに違いない……。

一方野田城の内部では、城将菅原定盈が声をからし防戦体制を指示している。中庭に高く積まれた土嚢を、幾多の兵が飛び越え駆け抜けていく。足軽鉄砲隊は、弓隊と共に正面に配置されることになった。五兵衛は不思議と落ち着いている。

『敵は裏門にも回ってやがるがや。たった一、二発の発砲など……』

腰帯を巻き、籠手・胴丸・草摺りを身につけ、陣笠の顎ひもを縛りながら、五兵衛も今度ばかりは逃げられまい、と思い始めている。

……静寂な空気が、野田城全体をすっぽりと覆い始めていた。兵達に、自らの運命を受け入れさせようとするかの様に……。

しかし突如、事態は一変する。

甲州軍団は、人質交換をすることで、城将菅原定盈以下兵達の命を救う和議を、申し入れてきた。

と同時に、各侍大将達の号令のもと、一糸乱れぬ引き上げの隊列を組み始めている。もうもうと上がる土煙の中、敵軍の鎧金具の擦れ合う音、馬のいななき声だけが聞こえる。

本陣を中心に先陣、二陣、脇陣、殿（しんがり）の後陣。

瞬く間に甲州軍団は、隙のない見事な隊列を組み終えてしまった。そして軍団は西の京ではなく、丑寅（北東）の方角へ踵を返し、大蛇の如く動き始めている。

……次第に殿の穴山隊の幟が、小さな点となって、山間に呑みこまれ、消え去ってしまった……。

野田の城兵達は、その光景を幻を見るが如く、呆然と見送っている。

目を大きく見開いたまま、五兵衛は呟いた。

『奴らは、いったい何処へ行こうとしているのだ……』

三

（五兵衛、岡崎へ帰還の事）

野田城の兵達は、本城の浜松城に生還し家康を喜ばせていた。だが武田の撤退を最も喜んだのは信長であろう。さすがの信長も、死を覚悟していたに違いない。信玄は西上作戦に備え、得意の外交戦略を縦横無尽に発揮していた。おまけに進軍中は勝ち戦の連続である。非の打ちどころがない。それが突然の撤退とは……。

幾多の情報が錯綜する中、この出来事が全国に伝わるのにさして時間はかからなかった。そして誰の耳にも、信長の甲高い高笑いが聞こえてきそうであった。


五兵衛は拾った命を携え、故郷の岡崎に帰ってきている。それまで何気なく見ていた町々の景色は、雨上がりの木の葉の様に、ことのほか新鮮で美しいものに思えた。

五兵衛は二十二歳、身の丈六尺ほどもある大男である。思いを寄せる幼馴染の栄より四歳年上、共に足軽長屋で育っている。気性は荒削りであるが、幼い頃より何かと栄をかばってきた。進取の精神があり、鉄砲の射撃操作を学び、身を立てようとしている。しかし何事にも移り気な面があり、栄を悩ませてきた。

一方栄は、父親が三河一向一揆（一五六四年）の渦中で討ち死にしている。家族は散り散りとなり、藤川で宿を営む伯母の家で育てられてきた。戦を親の敵役のように嫌っている。今は岡崎に戻り、大樹寺門前で開かれる朝市で働いている。

五兵衛は矢作川沿いにある三河黒松の生い茂る林に来ていた。そこは子供の頃遊び回っていた場所だった。その一角にある窪地に、一人座り込み考えている。

数日前の出来事だった。それは五兵衛には全く理解できない話である。今思い出しても気が高ぶってくる。手に触れる雑草を所かまわず引きちぎり、口にくわえて、

「戦が始まっちゃれば、また畑が潰されるがや。おらぁ達弱かもんは何もできんがや。いつまで経っても、長屋住まいから出られんがや。……こんな生活じゃ死んだ方がマシだに。畑などできんがや！　おまんの幸せのためだがや、なぜそれが分からん！」

と、栄にぶつけた言葉を、幾度となく心の中で繰り返している。

しかし、栄は『だども……』を繰り返すばかりだった。あげくに、

「それじゃ、どうしたいって言うがや！　また武士になり手柄を立て、出世ばしたいと言う話かん！　どうせ畑もせず、昼間からお酒ばかり飲んでゴロゴロしているだけじゃがや。何やっとるだん！　勝手にしたらいいがや。わしには関係のない事だぎゃ！」

と、言われる始末だった。今一度思い出しても腹が立つ。

……だが後ろを振り向いた栄の目に涙が滲んでいる事を、その時の五兵衛には、気づくはずもなかった。

五兵衛はひとり寝転がり、草枕で青空をぼんやりと見つめている。根無し草の様な小さな浮雲が、風のままに漂っていた。

確かに五兵衛には当てがない。ひと戦が終われば町中をぶらつき、苛立ちから安酒に溺れ、次の戦を待つ日々が続いている。

しかし時代の息吹は急激に変わりつつあった。農作業の時期に左右されず、戦を効率よく行う兵農分離政策は、信長・家康の支配する尾張・美濃・三河が、その先進地帯である。ここ岡崎にも、すでに浸透しつつあった。

そして職業を自由に選べるこの時代の空気が、男としての五兵衛にも、それなりの夢を持たせているのだった。

四

（五兵衛、奇妙なる風聞を知る事）

数か月が過ぎ、季節は初夏を迎えている。近隣の茶畑から吹き渡る若葉の香りが、時折鼻先をくすぐってくる。家々の屋根からたなびく竈の煙を、五兵衛はいつもの様に縁側からぼんやりと眺めていた。今日もまた、自宅近くの材木町周辺で、相変わらずの生活を続けるつもりでいる。

夕刻、ほとんど酔いがまわりかけた頃、その奇妙な風聞は、五兵衛の周辺でチョウの様にひらひらと舞っていた。初めさしたる関心もなかったが、それがしだいに明確な言葉に紡ぎ出されると、鋭い穂先の如く耳の奥にえぐり込んできた。酔いは一気に吹き飛んだ。

『信玄は死んでいる！』

瞬間、時が止まり、眼前から視界が消えた。竜巻の中に放り込まれたように、体が上下左右と翻弄され始める。猛り狂った雷鳴が耳をつんざき、稲妻の白い光に目を射抜かれたように感じてくる。

と同時に、忘れていた『その時』が爆発的に迫ってきた。

『……狙撃……、わしの標的？』

消えかかっている記憶の糸を手探るほどに、あの標的の醸し出す威厳が蘇り、五兵衛の想像に、いよいよ現実感を与えていく。

『……確かもう一人の男、跪いていた男。……武者ずら！　標的はただの侍大将ではなかったのでは……』

顔面を横殴りの強風に打たれながら、闇の中、その景色が鮮明に映し出されてくる。

『篝火の向こうの標的こそ、ひよっとすると信玄だらぁか？　……その様な気がするだん。きっとそうだったに違いないだん。信玄だん！』

五兵衛は恐る恐る結論を出そうとしている。

『わしが狙撃で撃ち倒したのは、天下の武田信玄でゃ！』

武者震いか、戯れ事への恐怖心なのか、体が自ずと震えてくる。肩も膝も痙攣しはじめた。背を丸めしゃがみ込むと、激しい動悸と共に、息も絶え絶えになってくる。両手で必死に、潰れそうな己の肉体を、包み込む事しか出来なくなっていた。

酒仲間から何度も肩を揺すられ、頬を叩かれ、耳元で大きな声で怒鳴られ、やっと気がついた。

……正気が戻ってくる。へたり込んでいた五兵衛の眼前に、見慣れた家並や、川沿いの柳の景色が戻ってきていた。安心して空を見上げると、いつになく夕日が赤い。地面に左手をつき、腰を上げた。不審顔の仲間から離れ、ゆっくりと川沿いに歩き始めた。

橋の袂まで来ると、今度は何やら痛快に思えてくる。

『信玄が狙撃された事を知っているのは、武田の重臣とこのわしだけだん！　どれだけ慌てふためいた事かのん。家康様や信長様さえ知らない事ずらぁ。まして目の前にいる奴等は、まさかこの俺が信玄を討ち取ったとは、夢にも思っていないずら！』

五兵衛はニンマリとして、更に思い続けている。

『……それに家康様は、三方ヶ原から浜松城に敗走する時、恐怖のあまり鞍にクソを垂れ流したそうな。その信玄をこのわしが！』

腹の底から可笑しくなってくるのだった。

一刻ほど経ち、更に落ち着いてくると、心の中にある事が芽生え始めてきた。腕組をし、薄ら笑いを浮かべ考えている。

『家康様に、いや一番得をされた信長様に認められれば、出世も思いのままになるかもしれんだらぁ。そして栄……、あいつめ腰を抜かさんばかりに驚くに違いないずら！』

思わぬ事から、夢が叶うかもしれないと思えてくる。

『信長様から、一生遊んで暮らせるだけの褒美を貰えるに違いないずら。いや貰うべきだぎゃ！』

夢は天空に広がる巨大な入道雲の様に、際限もなく膨らみ、広がっていく。

だが直ぐに萎えてしまった。

『方法がないずら。おらぁが狙撃したことを、どう認めてもらうのか、方法がないずら！』

心は複雑に揺れ動くのだった……。

五

（五兵衛、登誉上人を訪ぬる事）


いつしか五兵衛は大樹寺の山門にいた。

住職は、駿府臨済寺の名僧太原崇孚（たいげんすうふ）雪斎と並び評される、十三世登誉（とよ）上人である。十九歳の松平元康（家康）が、戦国の世をはかなみ、この寺で自害しようとしていた時、生き抜く事を諭し、生涯の旗印『厭離穢土（えんりえど）、欣求浄土（ごんぐじょうど）』を与えている。

この時代、下層階級と支配階級（武士）の橋渡しを可能にする一つが、僧侶であった。

登誉上人は、煤け顔で境内を遊び回っていた五兵衛を、子供の時分より知っている。山門の脇、楠の大木の陰に隠れるように寄りかかっている五兵衛を見つけ、話しかけた。

「久し振りじゃのん。仏心でも起きたのかん？」

「……」

無言でいる五兵衛の真剣な顔付きを見て、即座に登誉上人は厨房に招き入れた。自ら茶を入れ、話し始めるのを待っている。

しばらくして五兵衛はポツリと言った。

「……上人、信じていただけますがゃ？」

登誉上人は、節くれだった右手を袈裟に置き、温和な笑顔でうなずく。信じてやりたいという気持ちと、その眼差しが真実に思えるからであった。

「何も聞かずに、信じられるのですかのん？」

「……」

登誉上人は答えない。黙って五兵衛を見守っている。突然、五兵衛は大声で叫んだ。

「上人、わしが信玄を倒したずら！　狙撃でな！」

登誉上人は一瞬ドキリとしたが顔には出さない。五兵衛の全身を隈なく眺め回した後、言葉を選びながら話し始める。

「……わしも、信玄公が野田城の包囲中に死去した風聞を、聞いておるげな」

自信を得た五兵衛は、『狙撃の顛末』を、吠える様な声で一気に話し出す。

その後、再び沈黙が続く。

「……それでうぬは、何が言いたいがや。まだ話は終わっておるまいに……」

登誉上人は眼光鋭く問いかける。五兵衛は口ごもりながらも言った。

「わ、わしは褒美が欲しいずらぁ。是非とも！」

登誉上人はグッと喉に力を入れ、一瞬ためらったが、

「ハッハハハ……、誰からずらぁ」

と、訳が分からぬといった顔の五兵衛を、笑い飛ばしていた。

五兵衛は大きく息を吸い込み、下腹に力を入れてから言った。

「上人が家康様を通して、信長様に取り成してくださらんかのん」

「確かにうぬは、信玄公を倒すという大仕事をやったかもしれぬだらぁ。しかしそれは誰に頼まれた仕事だったのじゃかん。褒美という物は、予め頼まれた仕事を、無事に果たすという約束があればこそずら！」

「わしゃ家康様や信長様にとって、大仕事をしたんだぎゃ。今、上人も大仕事と言ってくれたではないかん！」

五兵衛は身を乗り出し、肩に力を込め、必死に言い返す。

登誉上人は、唇をグッと引き締め、噛んで含める様に言う。

「それはうぬが勝手にやった事ずら！」

五兵衛は何も言えない。登誉上人は覚めた目で話し続ける。

「信長様が、ここ三河や駿府の先の領主今川義元公を、桶狭間で討ち取った折、最大の褒美を与えたのは、敵将の首級を取った者ではなかったでゃ！　敵将が今何処におるかという、最も重要な情報を確実に伝えた梁田謀というラッパに対してだったぎゃ。それは、そ奴が事前の約束をしっかりと果たしたからじゃ！　……信長様とは、そういうお方ずらぁ」

五兵衛は萎れた花の様に、下を向きながら黙り込んでしまった。

「それに取り成す以上、証拠が必要じゃのん。……武田とて、一介の足軽にやすやすと総大将が討ち取られたとは、口が裂けても言うまいずらぁ」

上人が畳みかける様に言うと、

「それじゃ、どうしろと言うだん！」

茶筅髷を振り乱し、掴みかからん程に目を剥いて、五兵衛が叫ぶ。

登誉上人は五兵衛の顔を凝視して、一刀両断に言い放った。

「忘れろ、五兵衛！　所詮これは、闇に葬られるべきものずらぁ！」

五兵衛は両肩を盛り上げ、握りこぶしを作った。

「誰が何と言おうと、信玄を倒したのはこのわしだらぁ！　この事は誰も消す事はできんずら！　そのお蔭で今、この三河の平和もあるだん！　それを誰に伝える事も出来んとは……」

額に青筋を立て、せわしなく肩を震わせている。

登誉上人は静かにジッと見つめている。落ち着いたと見るや、いきなり立ち上がり、閻魔大王の如く、目を剥いて一喝した。

「五兵衛！　ぬしの野望など、たかが知れておるがや、金か女か！」

五兵衛はギクリとした。そして下を向きながら、

「もし標的が信玄と知っていたならば、仕留めることが……。もし足軽仲間がこれを知ったならば、信じて……」

窃かに考えた。

「いずれも無理だ、大笑いされるだらぁ。……黙ることが一番かもしれん」

塩をまかれた青菜の様な顔で、次第にそう思いかけている。

とその時、登誉上人は刃の様に細い悟りの目で語り始めた。それは五兵衛にとって、想像すら出来ない話だった。

「……このままでは、わしは信玄を打ち倒した男だという自惚れだけが独り歩きし、生涯亡霊のように、ぬしに付きまとう事になるだらぁ。己の自惚れを助長するだけのためにな！己に打ち勝つことずらぁ……」

上人は、五兵衛の性格を知り尽くしている。しかしまだ五兵衛には欲が勝っていた。尚もこころの底で考えている。

「また説教か！　証拠がなくても嘘ではないがや。褒美を貰って何が悪いずら」

負けん気が再び募ってくる。登誉上人の言葉から逃げるように、五兵衛は大樹寺を後にしていた。

「そぎゃんしても信長という男、運の強い男だぎゃ、ハハハ……」

その笑い声は境内に響き渡っている。登誉上人は悠然と寺の奥へ消えていった。

……この時、信長はまさに息を吹き返し、再び天下一統に向け驀進していこうとしている……。

六

（五兵衛、一人岐阜に向かう事）

岐阜。

今を遡ること七年前、永禄十年（一五六七年）初秋。信長は斉藤氏の井ノ口稲葉山城を陥れて以来、その地名を岐阜と改め、犬山城より本拠地を移している。城下の加納市場で「楽市楽座」を実施し、弾むような活気を、この町にもたらしていた。

その加納市場のざわめきの中、五兵衛は歩いている。時折すれ違う紅毛碧眼の南蛮人に度肝を抜かれ、見たこともない南蛮菓子に心を奪われながらも、稲葉山城を目指していた。額の汗を拭いながら空を見上げると、天空に聳える巨大な岩山に、初夏の眩しい光が躍るように輝いていた。稲葉山城はその山頂にある。

『来て良かったずらぁ……。是非とも褒美を貰わねばのん』

と、何度も五兵衛は呟きながら歩いている。

『信長様は下屋敷に居るのじゃろうか？　それとも山の上のお城か。まず、下屋敷に行くしかないずらぁ』

気持ちが一段と急いてくる。道端の石ころに何度もつまずきながらも、金華山（稲葉山）

の西麓にある信長の屋敷の前に、やっと辿り着いた。真新しい白木の櫓門が目に飛び込んでくる。その奥に護衛達の姿も垣根超しに見える。

「何者だぎゃ！」

突然走り寄ってくる薄汚れた大男に驚き、護衛達は五兵衛の眼前に槍を突き出し、身構える。

「わ、わしは、決して怪しか者じゃござりませんがや。おのしらが主人に話があるずら」

小砂利の敷き詰められた地面に、額を擦りつけるようにして言った。

「上様に？　どなん用だぎゃ」

護衛はぶっきら棒に訊き返す。

「武田信玄のことだらぁ……」

五兵衛が喉の奥から、かすれ声で哀願すると、三人の護衛は顔を見合わせ、何やらクスクスと笑い出すのだった。

「あい分かったでゃ」

護衛の一人が、面倒くさそうな大股で門の奥に消えた。

「ぜひ、願わしゅう存じまするぅ！」

大声が千畳敷の屋敷の奥まで響き渡った。五兵衛は日暮れまで居座ろうとしている。

が、程なく小柄でがっしりとした足軽頭が、早足で門から飛び出してきた。

夢中でその脛にすがりつき、

「わしが信玄をば、そ、狙撃で倒しただで、ぜひお伝えを！」

と、咳き込むように言うと、男は一睨みして怒鳴った。

「馬鹿者が！」

唾と共に、信じられない言葉が顔面めがけて飛んでくる。

「今度は鉄砲か？　毒殺が三人、刺殺が二人、すでに五人が信玄を倒したと来ておるわな。信玄は一人なはずだぎゃ！」

足で野良犬を蹴り払うような身振りで、なおも続ける。

「褒美目当てだぎゃ！　上様もそんな話は聞きとうないがや！」

あ然とした五兵衛をしり目に、突然屋敷の奥から、軽快な蹄の音が迫ってきた。

「のけのけ、上様のお通りだぎや！」

その言葉は、一瞬にして周囲を凍りつかせた。黒い影がハヤブサの様に、五兵衛の頭上をかすめ去ろうとしている。

「ビシッ！」

張り詰めた空気が、鞭の一太刀で、真二つに切り裂かれた。

小砂利を蹴散らす土埃の中、鋭く甲高い声が、頭上から襲ってくる。

「この虫けら共が！」

土煙が消えると、迫力に気圧され、地に這いつくばった、五兵衛の姿だけが残されていた。

……岡崎に帰ろうとする五兵衛の耳には、もう加納市場のざわめきは何一つ残らない。信じられない言葉と屈辱感。そして人の世の醜さと腹立たしさが、しだいに心の中に黒く渦巻いてくるのだった。

五兵衛は何をしていいのか分からなくなっている。

七

（五兵衛、己の葛藤に悩まさる事）

『ど奴や、畜生！　もう誰も信じられんがや』

孤独が募ると、鈍重な悔しさが一層込み上げてくる。『虫けら共』の嘲りが耳にへばりついている。五兵衛は岩に噛り付きたい程の苛立ちを感じていた。

『もぅ褒美などいらんがゃ。わしが倒した事だけでも……』

八幡町から矢作橋を渡り、宇頭町を抜ける町中を歩いても、行きかう顔が、その目が、信長の護衛達と重なってくる。

萌黄色の若柳を抜ける風のささやきや、キラキラと白く流れる矢作川の歌うようなせせらぎさえ、あざけりに聞こえてくる。

『誰も知らないはずだ、気のせいだぎゃ！』

と、何度も己を納得させながら彷徨っている。

やる事なす事、すべてが嫌になってくる。まして火縄銃など見たくもない。

『忘れるしかないのきゃ。いゃとても出来ゃしまいがゃ……』

矛盾した思いに、肝を握り潰されそうになっている。

『あの時、狙撃をしなければ……』

もう一度あの時に戻りたいと、後悔し続けている。

(信玄の巨大な存在感が、いつしか忍び足で五兵衛にとりつき、耳元でせせら笑い始めている)

元亀四年(一五七三年)大地震の様な事件が全国を席巻する。信長による室町幕府の滅亡である。その激震は、戦慄をもって瞬く間に国中に伝播した。それは新しい時代の夜明けを告げるものでもあった。

そして今、信長は京を中心に隣国近江など周辺諸国を制圧し、地盤を固めようとする躍進期に入っている。

……歴史は、いよいよ信長を中心に動き始めてきた。

五兵衛の心の中にも激震が走った。暗い地割れの底から、己の自惚れが再び大蛇の姿となって、醜い鎌首を持ち上げてくる。

『誰のお蔭なんだぎゃ！　わしの狙撃がなければ！』

行き場のない不満が心の中で、黒雲の様に渦を巻きながら湧き出し、気も狂わんばかりになっていた。

わけも分からず、息まいて材木町の自宅へ戻ると、縁側に包み弁当が置いてあった。脇には、置き手紙が添えてある。庭に散乱している酒の徳利を足でけ散らし、読み始めた。

『家康様が足軽鉄砲隊を集めているそうな。まだ鉄砲を撃つ気があるがや……』

たどたどしい字が、栄のやるせなさを伝えてくる。が、五兵衛は縁側に片足をのせたまま一人息巻いている。

『信玄に追われ、一度は死を覚悟した信長と家康ではないがゃ！　わしのお蔭で息を吹き返したんじゃないがゃ！　今更黙って奴らの下働きなんか！』

地団太を踏みたいほどの意地が、全身を駆け巡っている。身分は天と地ほど違うが、男の意地では同じだと思っている。

そして何故か、その場面がまた浮かび、走馬灯の様に廻り続けるのだった。

……黒い鉄づくめの当世具足で身をかため、南蛮渡来の海老茶のビロードマントを羽織り、華麗な真紅の裏地を翻し、戦場を疾風の如く駆け抜ける信長。

そのきらびやかさと比べると、己がいかにも卑小で惨めに思えてくる。

一方信玄の亡霊は、白い大きな歯を見せながら、五兵衛に乗り移り、「自惚れ」から「妬み」を植え付けようとしていた……


夕闇が迫る頃、五兵衛は雑草の生い茂る裏の縁側で、まだぼんやりと座っていた。開けた手料理を見ながら、栄へのすまなさと、己への苛立ちで、涙が滲んでくる。

『……一生忘れる事などできんずらぁ。いっそ信長様があっさりと死んでくれたならば……そぎゃんすれば、迷いも消えてしまうに違いないずら。だがわし一人の力では……』

そう思うと、縁側で残った酒を浴びるように飲み、酔い潰れていくのだった。

……だらしなく寝そべる虚ろな人影を、夜の闇がひっそりと包み込んでいく。

八

(五兵衛、岡崎より出奔する事)

五兵衛は相変わらず、己の不運を嘆き続けている。荒い息を吐き、もがきながら野良犬の様にうろついている。

しかし町中を彷徨いながらも、偶然にせよ大樹寺の甍が目に入るたび、なぜか登誉上人の言葉が思い出されてくるのだった。

『己に勝つ事じゃ。この経験を生かすのじゃ……』

腕組をしながら何度も呟いていた。

「己に勝つ事とは？　この経験を生かすとは？　わしには何が出来るかのん？」

その思いは、いつの間にか心の中をじわじわと満たし始めている。

『わしの仕事は、戦さ場で火縄銃を撃つ事だぎゃ！　今までだってそうしてきたではないがや。経験を生かせとは、火縄で起こした事は、火縄で解決せよとの意味かのん？』

数日考え続けた後、そう決めると、座っていた縁側に片手を着きノッソリと立ち上がり、面倒くさそうに納屋に向かった。奥の埃臭い棚から、菰巻の火縄銃を取り出した。三か月振りであった。

以前は見たくもなかった代物である。歩きながら紐をほどき、中から火縄銃を引き抜くと、微かな口薬の匂いが鼻をかすめる。いつもの匂いだった。台株には、紛れもない自分の手垢が、形になって残っている。じっと見ると、今までの戦が次々と蘇り、ともに笑い死んでいった仲間の顔も浮かんでくるのだった。

再び縁側に座り込み、銃を手に取って構えては置き、再び構えるという手悪戯（てなぐさみ）を繰り返していた。

自ずと「あの時」が思い出されてくる。何度か繰り返していた時だった。

「あれは何だったんだん！」

標的が微かに膨張していた事を思い出した。

『偶然だらぁか？　確かに、標的が大きくなれば命中し易くなるだらぁ……』

五兵衛は狂った様に、その一点にとりつかれていく。

「標的が大きくなるなんて……。なぜだらぁ？」

思えば不思議な出来事であった。

……それからである、五兵衛が岡崎の町から消えたのは。行く方を知る者は誰もいない。

九

（五兵衛、鳳来寺（ほうらいじ）にて苦悶する事）

五兵衛は奥三河の山中にある『鳳来寺』を目指している。

そこは岡崎の町から東海道にそって豊橋に出てから、豊川の源流部に向かい、八里ほど遡った山中にある。門屋からの参道の石段を千五百段ほど登ると山門に至る。

飽きるほど山が連なり、杉林が斜面を覆いつくしていた。小路には、ふた抱えもある木々が、天をめざし長槍のように林立している。付近には山里が点在し、川のせせらぎと鳥の鳴き声しか聞こえてこない。

その杉木立の中に五兵衛はいる。

深い渓谷の底で、火縄銃の発射音だけが時おり木霊していた。口薬や割玉は、十分過ぎるほど岡崎城の習錬場から持ち出している。

『信玄を倒してやっただん。このぐらい貰ってもバチは当たるまいがや、安いものだらぁ。納得するまで撃ち込んでやる！』

と五兵衛は目を血走らせ、勢い込んでいる。


……はや一か月が過ぎている。さしたる成果も上がらず、気力も萎え始めてきた。

『だめだ当たらんがや。標的など何も動かんではないかん！』

空しい自問自答を繰り返す日々が続いている。

『もう止めてしまいたいがゃ』

本音が次第に募ってくる。だが、他にする事もない。逃げ道など何処にもないのは、己が一番よく知っている。

『きっと標的は動くに違いないずら』

という、微かな期待にすがらざるを得なかった。

『何か工夫をしなければのん……』

と思いながらも、しだいに嫌になってくる。下草の中に火縄銃を放り投げると、両手で腕枕をして寝転がった。木々の梢から山の端にかかる入道雲が見える。五兵衛はいつしか深い眠りに落ち込んでいくのだった。

目覚めるとすっかり日が暮れていた。谷川のヒヤリとする水で顔を洗った後、両手に救った水をゴクゴクと喉に流し込んだ。いつもの様に小枝を集め、火を焚き、取り置きした川魚を串に刺し、焼きながらボンヤリと考えている。

『何でこげな所で、こげな事をしなければならんのだん』

焚火の小さく揺らめく炎は、五兵衛の太い眉、大きな鼻、肉厚の唇、疲れ切った目を、闇の中にぼんやりと浮き上がらせている。

『あれもこれも全て、わしの銃弾が信玄なんかに当たってしまったからかのぅ。もし夢の中で、もう一度あの時に戻れるのなら……』

弱気になりながら、消えかかっていた焚火に小枝を投げ入れると、炎が大きく膨らんだ。

その瞬間、

「そうだ！　あれは夜ではないかん。それに篝火の光であったでゃ。何でこげな事！　これで成功するやもしれんずら！」

一筋の希望が湧いてくる。薄暗がりの中、這うように周辺の小枝をかき集めはじめた。篝火を灯し、川岸で距離をおよそ四十間とり、己の着物を着せた等身大の人形の標的も置いた。はやる気持ちを押さえながら、ひとつ一つ丁寧に火縄銃を装填し始める。

準備が整うといきり立つ様に、五兵衛は篝火の向こうの標的に狙いを定める。

『これであの時と同じになったでゃ。さぁ動き出すがや！』

右手で力いっぱい台株を握り、前目当てに右目を押し付けるように標的を睨み返した。心音は、早鐘のように体中に響き渡っている。

……だが、標的は彼方で薄ぼんやりと見えるだけであった。漆黒の闇が、周囲にじっと佇んでいるだけだった。

『何も変わらんずら……習練にもならんがや』

今更ながら、夜の狙撃は昼間の数倍難しいという射撃の鉄則を思い出していた。膝を抱えたまま、五兵衛は童のようにふさぎ込んでしまうのだった。

「なぜ膨らんだがや、あの時は？」

……万策が尽きた。

翌朝も五兵衛はその場にいた。

そそり立つ渓谷の黒い岩肌は、己の体を押し潰そうと、無言の圧力を両脇から、加え続けてくる。

緑の光の中、むせ返る様な草いきれも、いっそう息苦しい。

川のせせらぎ、野鳥のさえずりさえも、うざい雑音となり、

風の息は標的を揺らめかせるだけだった。

日の光さえ、眩しい。

自然のすべてが、己に敵対しているように思えてくる。

風で揺れる木の葉を吹き飛ばせるのは、せいぜい二三枚である。

「アハハハ……、わしの腕などこんなものだん！」

と五兵衛は自嘲気味に笑い出した。

火縄銃の巣口は、激しい試射のためすでにひびが入っている。

……ひとまず岡崎の町へ帰ることにした。

十

（五兵衛、大樹寺にて登誉上人にすがる事）

五兵衛は異様な姿で、土塀の続く鴨田町を歩いている。

ザンバラ髪の頭。血走った狼の様な目。煤けた顔や手足。鷲掴みにした剥き出しの火縄銃。着物もあちこちが破れ、おまけに強い体臭が辺りに漂い、道行く人も避けて通る有様であった。

だが、足はひたすら遠くに見える大樹寺の甍を目指している。

空に反り返った二層の屋根を持つ山門を潜り抜けると、広い中庭で、辺りかまわず大声で叫んだ。

「上人！　上人！　何処においでかのん！」

「此処じゃやに、此処じゃやに」懐かしい声が応える。

庭木の茂みより、紺色の作務衣姿で登誉上人が顔を出す。手拭を首から垂らし、五兵衛を見るなり、片手に雑草を握ったままの手で、しばらく凝視している。

その後、後ろに立つ小坊主に、客間に通すよう指示した。

「こんな身なりでは、部屋を汚してしまいますがゃ」

「かまわんがゃ！」

と、遠慮する五兵衛を、なぜかお構いなしに招き入れる。

百二十畳ほどもある薄暗い本堂の中を通り、幾つにも曲がる廊下を抜けると、奥まった場所に、五兵衛が初めて見る座敷があった。

そこは日の光に溢れ、簡素な中にも気品のある部屋だった。五兵衛に不釣り合いな、白木と青畳の香りに満ちている。

その部屋の片隅で、うずくまる様に待っていた。しばらくして小坊主が差し出した茶を、冷める頃恐る恐る飲み干した。

四半刻ほどすると、正装した登誉上人が入ってくる。すぐに部屋の中心に呼び寄せ、五兵衛と向かい合って正座した。目は慈愛に満ちている。

「……ところでうぬし、今まで何処におったずら」

「はい、鳳来寺ですだん」

法衣のむせ返る様な樟脳の香りに、気後れしながらも答えた。目線は登誉上人の膝の辺りを彷徨っている。

「……うん」と、軽くうなずきながら、登誉上人は全てを悟っていた。

古来、鳳来寺は修験道で知られた山である。五兵衛の苦しみ抜いた心が、その身なりから自ずと知れる。

突然、上人は野太い声を発した。

「己の道を求むる者は、すべて大切な客人だぎゃ！」

五兵衛は驚きながらも、客間に通された意味を、初めて知った。そして登誉上人の顔を見上げると、その瞳は周囲を圧する力感に溢れ、不思議な安堵感を感じさせた。

いつしか五兵衛の目から一筋の水が流れ落ち、青畳を濡らしていた。心の内を吐き出せる場はここしかない。何から話してよいのか分からなくなっている。気づいた時には、不覚にも、その言葉が口からこぼれ落ちていた。

「上人、わしは信長様が……」

「……憎い、だぎゃ」

登誉上人が、素早く言葉を受ける。

絡みきった糸のような行き場のない苦しさが、客座敷の隅々まで覆ってくる。

……華麗な金色の扇を頭上にかざし、鼓に合わせ、優雅に歴史に舞う信長。

……出けら共と罵倒された屈辱感、射撃の絶望感に打ちひしがれる五兵衛。

……死しても尚、圧倒的な存在感で五兵衛にとりつく信玄。

魑魅魍魎に踏みしだかれ、醜いかさぶたに覆われた五兵衛の顔。妬みと自惚れにまみれたその心。

登誉上人の脳裏に、はっきりと浮かびあがっていた。

「うぬの気持ちはよく分かるだん。しかし信長様を妬んではならんがや。全ては人知を超えた偶然の成せる事だぎゃ……。そこには何の繋がりもないずら」

登誉上人は、更に噛んで含めるように話し続ける。

「信長様は偶然に与えられた切っ掛けを、自らの力で生かし、己の理想をひたすら探し求めているだけなのだん。うぬしも生ある限り、己の道をひたすら探し求める事だに。それが仏に生かされている『人の道』というだん」

だが、その言葉も五兵衛には届かない。ただ逃れる事の出来ない、悶えるような苦しさだけが、繰り返し襲いかかってくる。

登誉上人はそれに気づくと、膝を崩して座り直した。

茶を一気に喉に流し込み、深呼吸をすると、胸にかかった袈裟が大きく波打った。

……さりげなく話を変える。

「どうずら、その後の成果は？」

「………」五兵衛は何も答えない。

「シュシュ……」と絹ずれの音をたてながら、無言で立ち上がる。

窓辺に行き、花頭窓(かとうまど)を開け放った。冷やりとした風が、床の間まで勢いよく流れ込んできた。上人は、独り夢想するかのように庭の草木に目を移している。

……大きく肩で息をついた五兵衛が、ようやく語り始める。

「あの時の様に標的が大きくならんずら。いくら狙いを定めても、標的が遠のいてしまうだん！」

「それで……」

上人が尋ねても、うなだれたままであった。耳から垂れ下がる後れ毛を、掻き揚げようともしない。

「いろいろ工夫はしたんずら？」

「はい、万策が尽きましただん」

唇を噛みしめ、ジッと縮こまる五兵衛。

暫くして、登誉上人は後ろ姿のまま、奇妙な事を言い始めた。

「五兵衛、うぬしは子兎を、その胸に抱いた事はあるかのん？」

怪訝な顔で、上人の後ろ姿を見上げる五兵衛。

「もちろん獲物としてではないずら、ハハハ……」

その大きな笑い声が、五兵衛の緊張を解き、視界を部屋全体に広げていく。

「……ありませんがや」

登誉上人は向き直ると、五兵衛の大きな目を見据えて言う。

「五兵衛、うぬしが子兎を、逃がすまいと強く抱きしめようとすればするほど、子兎は、逃げようとして暴れるもんずら」

更に脇に寄ってしゃがみ込むと、囁くように続ける。

「……よいか、そっと優しく包み込むのだん。さすれば子兎は、ぬしの胸の中で、静かに目を閉じるだらぁ……。急いてはならんがや！」

突然、五兵衛は上人の顔を見つめ直した。その顔が、姿が、何故か金堂の阿弥陀如来の様に見えてくる。

五兵衛は肩を怒らせ立ち上がるや、髪を振り乱し、突如、部屋を飛び出していった。


今、岡崎城の習錬場へ走っている。大樹寺と岡崎城は、直線で一里ほどの距離にある。寺の中庭から城の建物がよく見えた。

五兵衛は伊賀八幡宮の脇を抜け、元能見町の人家の垣根を飛び越え、魚町まで来た。道行く人など目に入らない。

岡崎城の粗末な裏門に着くと、木の枝に手をかけ、堀を軽々と乗り越える。不思議と息はあがっていない。曲輪を幾つか曲がり習錬場に着いた。そこは百間四方ほどの、広々とした場所である。

屈んだままザンバラ髪を手櫛で掻き上げ、周囲の様子を伺った。木立に囲まれ外からは見えない。

すぐに納戸の板戸を蹴破り、据え置きの火縄銃を手に取った。装填し、遠方にある菱形の標的板に向かって構える。

『急くな！　敵対するのではなく歩み寄らせるのだん！』

何度も念じる。次第に周囲の景色は陽炎に包まれた様に消え、耳の奥に届く騒めきは、何ひとつ聞こえなくなっていく。

沈黙の中、菱形の標的板だけが、五兵衛の網膜に写し出されていた。

……尚も念じ続けている……。

『待つのだん！　標的が自ら寄ってくるのを待つのだん！』

右脇と右腕で優しく台株（銃把）を包み込み、伸ばした左手で銃床をそっと支える。肩の力が抜けるにつれ、微かな震えさえなくなり、前目当てから覗き込んだ標的が、一層明確になってくる。心音は軽やかなリズムを奏でていた。

と突然、伏せていた得体の知れない生き物が、ムクムクと立ち上がったかのように思えた。

『膨らんでくるがや！』

呟きが歓喜となって、耳の奥で何度も木霊する。それは標的の輪郭から放たれる光が、一直線に五兵衛の眼孔に吸い込まれた時に、起こっていた。

『そうか輪郭ずら、輪郭で狙うだん！』

標的が大きく立ち上がるにつれ、張り詰めた不思議な空間が、火縄銃の先目当てと標的板を、透明な細い絹糸で、真一文字に繋げている様に見える。

『見える、見える！　今だぎゃ！』

「ズドン！」

標的板は、木っ端みじんに砕け散っていた。

十一

（五兵衛、登誉上人の教えを学ぶ事）

二か月振り、五兵衛は材木町の長屋へ帰っている。心は満足感に溢れていた。しかしまだ納得はしていない。射撃にムラがあるのだ。

数日後、五兵衛は不安を抱えたまま大樹寺に向かっていた。寺に着くと、先客のため、蓮池に面した裏庭の縁側で待たされた。

しばらくして登誉上人の軽快な足音が近づいてくる。

「五兵衛、うぬしが鉄砲玉の如く飛び出していったので、心配しておったところだに」

「はい、もっと早く伺おうと思っていたんですだん……」

照れながらも、喜々として標的板を射抜いた事を話す五兵衛。

「それはあっぱれじゃに、手ごたえを感じ取ったのじゃがや？」

縁側で、五兵衛のすぐ隣に腰をおろすと、我が事の様に喜んでくれる。その一方、登誉上人の鋭い眼光は、語り続ける五兵衛の心の動きを見逃さなかった。

『……消えただん』

右手をスッと下に突き出し、池を指しながが言う。

「うぬしの顔を、その水面に映してみるがいいがや」

言われるままに五兵衛が身を乗り出し、池を覗き込んだ。

そこには蓮の花々の間に、温和な目を持った紛れもない己の顔が漂っていた。

「消えたのん……、卑屈な目をしていた時の妬みが……」

心を埋め尽くしていた『信長への敵意と妬み』を、そして『己の黒い野心』も忘れつつある事に、気づかされるのだった。

「いっ時の怒りで、信長様のお命を狙っていたならば地獄！　わしにも止められなんだ。……御仏が押し止めたに違いないずら。……南無阿弥陀仏、南無阿弥陀仏……」

両手をそろえ、登誉上人が何度も念仏を唱えている。

しかし五兵衛は不満顔だった。

池を見ながら呟くように言った。

「確かに初めは、標的を歩み寄らせることで面白いように当たっただん。だども、いつの間にか出来なくなってしまうがや」

登誉上人は後ろから五兵衛の両肩に手を置き、穏やかに励ます。

「清浄な心あればこそ、人は一層前へ進むことができるだに」

五兵衛は上人の方に向くと、顔を強ばらせ言い返す。

「前へ進むことができんがゃ。振り出しに戻ってしまうだん」

「振り出しではないがや。気負わずに集中する事に気づいただに、自信を得たではないがゃ」

「自信はないがや！　なぜ膨張するんがゃ、その訳は？」

已への不甲斐なさと解けぬ謎に、苛ついて歯ぎしりをしいる。

登誉上人は自分の顎を撫ぜていた手を膝に置くと、躊躇しながらも、真剣な表情で言う。

「……ぬしの話から察するに、得てして射手は狙いを定める時、弾丸が貫通するであろう『点』でしか見ていないのだん。ところがぬしが見つけた標的の輪郭、……つまりは『面』に注目する事によって、標的が大きく広がるのじゃかん」

「点より広い、面で狙う……」

「その通りじゃ。ぬしははじめ『点』で狙っていたが、無意識のうちに、『面』に狙いを変えていたんじゃがや、おそらく……」

五兵衛は、飛び上がらんばかりに立ち上がるや、大きく手を打った。

「そうか！　だから標的が膨張して動いたり、面が起きあがって大きくなってきたんじゃがや！」

だが、上人は軽く頭を左右に振りなら、冷徹に言い放った。

「心の問題じゃに、現実にはそう起こり得んがゃ」

「しかし大きく感じたがや……」

「武道の鍛錬をした者は、飛び回る蠅を箸でつかみ取ることが出来るそうな。止まって見えるようじゃが」

「止まって？」

五兵衛は顎を上げ、うわずった声で尋ねた。

「心眼じゃ、修験道でも火の粉を素足で踏み越えられるがや。それと同じ心じゃがや」

「心眼？」

五兵衛は目を一段と大きく見開いた。上人はその姿を優しく受け止めると、励ましながら更に言う。

「ぬしが思い込みに引きずられたにせよ、心眼に目覚め、火縄銃の極意の一端を掴んだことは、目出度い事じゃがに」

五兵衛は表情を和らげると、一転身を乗り出し、せき立てるように聞く。

「極意をより高めるには？」

上人はどっしりと縁側に座り直すと、すこし小首をかしげてから言った。

「まず『心の安定』が必要ずら」

五兵衛は硬い表情のまま、素早く、浅い呼吸で聞いている。

「その為には、心に『ゆとり』がなければならんがや。……そしてそれは、『自信』から生まれるものだに」

ようやく五兵衛の口元に少し笑みが戻り、一層にじり寄りながら、急かす様に聞く。

てい る。

上人の瞳の中にまで飛び込んで、覗き込もうとするかの様な勢いが、五兵衛の全身に漲っ
「と言うと？」息をつく間もなく、反射的に尋ねる。

「時に人の愛。時に人より優れた技能！」

登誉上人は顎をグッと噛みしめ、腕を胸元で組み直し、確信に溢れた顔で断言した。

「自信は何から生まれるがゃ？」


「愛情豊かに育った者は、他人への優しさと『ゆとり』を持つ事ができるだん。己への自信
が自然と備わっておるのだん。何よりも代え難い宝だに！」

「して『技能』とは？」

「人より優れた技術・技能を身につけた者は、仕事を通して、自信と誇りが育つ。それが『ゆ
とり』を生むだに。己にゆとり有らばこそ、真の優しさが生まれるのだん」

登誉上人は不動明王の様な顔で、次第に語気を強めていく。

「理屈や言葉だけで唱える優しさなどは、猿真似の偽善に過ぎんがや！」

五兵衛の目は、いつしか童のように輝き、思わず背筋も伸びてくる。待ち切れずに聞いた。

「射撃で気持ちを集中し続ける『技能』や『ゆとり』とは？」

上人は、小坊主が持参したお茶をすすめながら、自ら一口飲んだ後、笑顔で語った。

「己を取り巻く自然への優しさだに。人も皆、神羅万象自然の中で生かされておるだに」

五兵衛が怪訝な顔を向けると、上人は頭を掻き、座り直してから、易しく言い直した。

「自然に和す事だん！　自然に敵対してはならぬがゃ！　自然に同化する事、つまり自然体だに。そこには邪念が入らないがゃ」

五兵衛の脳裏には、鳳来寺や習錬場での場面が、すぐに蘇ってきた。

……赤茶けた渓谷。草いきれ。川のせせらぎ。野鳥のさえずり。風のささやき。優美に照り映える日の光など、自然のすべてに敵対し、鬱とおしく感じた未熟な己の姿。そして習錬場では、周りの景色や音さえも消えた事を……。

五兵衛は矢継ぎ早に尋ねながらも、頬が充血し高揚していくのを感じている。そしていつしか信長への敵意、妬みも消え失せ、谷川の岩苔の間を流れ出る清水のように、心が澄み切っていくのだった。

夕陽が二人の姿を照らし出している。五兵衛は赤く映える蓮池の水面を見つめながら、不思議に感じていた事を尋ねた。

「上人はなぜ射撃の事をご存じですがゃ？　駿府の雪斎禅師は、軍師でもあられましたが、もしや……」

登誉上人は肩を揺すりながら、カラカラと笑った。

「わしは浄土宗の坊主だに、武に直接関わることはないがや。雪斎禅師は禅宗であられるだん」

「ではなぜ？」

「あらゆる人の道は、行き尽くすところ、すべて同根だからだに」

五兵衛の涼やかな目を見つめながら、更に言う。

「五兵衛、自然体だに！　万物を優しく愛でる薫風の如き『風の心』だに」


時が経ち、夕陽が一段と輝きを増してきている。

大樹寺の高い山門の影を背負った五兵衛の後ろ姿に、登誉上人は、天にも届かんばかりに叫んだ。

「五兵衛、風となれ!!」

十二

（五兵衛、已に打ち勝つ事）

晩秋の頃、紀州鉄砲流派の一つ、紀龍会と名乗る傭兵集団が、三河に招へいされていた。

彼らは砲術の名手として知られている。

岡崎にも山形厳三の一派が来ていた。

年の頃四十ほど、温和な顔立ちの中にも精悍な目を持っている。岡崎衆に頼まれ、模範試射をする事になっていた。

場所は大樹寺の東方、真伝町の小高い杉林である。四方を白い幕布に覆われた中、空を鷲掴みするような枝ぶりを持つ、一本の欅の巨木が選ばれた。この地では珍しいものであった。その根元は緑色の苔に覆われ、節くれだっている。葉を落とした、見上げるような欅の枝先には、小さな短冊が多数風に揺らいでいた。

その足元に足軽大将など、主だった武者達が集まって、今や遅しと待ち構えている。

五兵衛も厳三の実射をこの目で見たいと、密かに火縄銃を抱えたまま、後方の杉の大枝に身を隠していた。本物をこの目で見たいという期待と不安、己の技量への思いが、厚い胸板を波打たせている。

いよい試射が始まる。

厳三は、弟子達が込める火縄銃を矢継ぎ早に受け取ると、流れるような無駄のない動きで、次々と短冊を撃ち落としていく。風が運ぶ口薬の煙に包まれる中、大きな歓声が湧き続けている。

五兵衛もその風格と技に引き込まれるにつれ、いつしか我を忘れ厳三を見つめ続けている。その後休憩の時、遊び心か厳三は何かを探し始めた。しばらくして左に向き直ると、遠くの杉の小枝で遊ぶ野鳥を見つけ、ピタリと狙いを定めた。

厳三の全身から発散する無言の迫力に導かれるように、五兵衛も無意識に火縄銃を装填し、野鳥に狙いを定めた。

五兵衛の全身は辺りの草木と同化し、巣口は微動だにしない。

『……巌三、さぁ早く撃て！』

「ズドン！」

折り重なった銃声が真伝町の森に響き渡った。

巌三が引き金を引くと同時に、野鳥は小枝より飛び立っていた。

が、枝から離れるや否や、いきなり横に弾き飛ばされ、パッと羽毛を散らしながら真っ逆さまに落下していく。

……柔らかな羽毛がその跡をゆっくりと追っていった。

銃声は、巌三より十間ほど後ろから聞こえてきた。

「巌三がしくじった！」

飛び交う驚きと騒めきで、白い幕布は大きく波打ち始める。その中、五兵衛もまた異様な光景を目にしていた。

巌三は凛とした顔のまま、微塵も狼狽えてはいないのだ！

『これだ！　これこそがわしに欠けていたものだぎゃ！』

それは真に自信がある者だけが見せる言動に思える。

五兵衛は稲妻に刺し貫ら抜かれたように、身動きできなくなっていた。

我に返り杉の大枝から滑り降りると、下草の四方八方から、

「ガサガサ」

という音が聞こえてくる。荒い息づかいも次第に迫ってくる。

「無礼者！　貴様、何者だぎゃ！」

「たたっ切れ！」

五兵衛が振り向くと、立ち枯れのススキの間から抜身の刃がのぞいていた。顔面に突き出された切っ先が、怒りで小刻みに震えている。

五兵衛の右手には、まだ巣口に硝煙の匂う火縄銃が握られているのだ。

『……なぜこんな事を……』。後悔の念が、全身に湧き出してくる。

その時、取り巻いた武者達のすぐ後から、灌木の小枝を左右に払いながら、巌三が大股で現れた。大柄な五兵衛の前に歩み出ると、悠然と鋭い眼光で見上げる。

五兵衛は唖然としながらも、赤子の様な目で見返す事しかできない。巌三は尚も刺すような精悍な目で、睨み返してくる。

……沈黙の時間が流れる。

温和な目に戻った巌三が、突然後ろを振り返り武者達に言い放った。

「方々、ご安心なされ。こ奴は我らを撃とうとしたのではなかろう……。御覧の通りの腕じゃ、撃つ機会はいくらでもあったはずじゃ」

尚も叫ばれる声を、巌三は両手を目一杯に広げ諫める。羽織の背には、『紀龍会』の大文字がうねる様に鎮座していた。

巌三は五兵衛の方に静かに向き直ると、すかさず言い放った。

「お見事！　日の本一の名手なり！」

それは五兵衛が想像すらしていなかった言葉だった。

五兵衛は空を見上げた。その飄々とした顔の上に、天高く一朶の雲がゆったりと流れていく。

頬を渡る風は、そのまま体の中を吹き抜けていく様であった。

雲に向かい、一人呟いている。

「……誰に知られなくとも良いがや。己こそが最大の証人ではないかん！」

雲形は、いつしか鍬を担いだ己の姿に思えてくる。

……そして栄の笑顔にも……。

武田信玄、元亀四年（一五七三年）信州駒場にて死去。享年五十三歳。労咳による病没とのみ、後世は伝え候う。

織田信長、九年後、京都本能寺にて憤死。享年四十九歳。

五兵衛、栄といつしか故郷を離る。希望溢るる己の未来と、続く子孫が為に……。

是こそ信玄公の死の真相なりき。

公の威厳を保ち、畏敬せんが由、禁書となす……。

……古文書の解読後、私の頭の中に、数々の出来事・思いが、小さな家庭史として湧き出てくる。それは穏やかな景色ではなく、狂おしいまでに駆け回る走馬灯のようであった。

体力も気力も溢れていた二十代。何も怖いものはなかった。自分が家族を守り支えている、と自負していた。我が家のすべてのことに、最終決断を下してきた。それが責任を果たすことと固く信じていた。

間もなく一人娘の孝子が生まれ、育児に奮闘し、十八年……。孝子の大学進学時代、学生運動の嵐、すでに思春期に達した孝子との衝突が始まる。進学志望先の決定で親子の縁が切れてしまう。学生結婚、美波の出産、そして離婚後のシングルマザー。時の流れは嵐のように吹きすさんだ。娘はことごとくアウトローを経験し、いつも結果報告であった。私は身勝手な娘を許せなかった。次第に親として疲れ果てて、無意識のうちにも孝子の受け入れを拒否してしまっていた。

……小雨の降り続く朝、乳児だった美波を背負ったまま、玄関わきの大王松の木に寄りかかり涙ぐむ孝子を、私は許さなかった。その木は、孝子の生誕記念樹として、妻の真紀と一緒に植えた木だった……。

孝子には二度と敷居を跨がせない、という気概が先立ち、相手の思いや情感を、気遣うゆとりがな

完

かったのだ。

しかし、今現在では、ほとんど家族のわだかまりはなくなっていた。奇跡のようだ。何か仕掛けたわけでもない。自然とそうなってしまったのか、いや五兵衛記抄の導きで、家族が自然と思いやり、助け合った結果であろうか。

人生は意外に平凡なものかもしれない。他人でも、親子でも結局は一つの独立した人格なのだ。付かず離れず共通する目標に向かい、絆を大切にするものなのかもしれない。有り難い経験であった。

【著者紹介】

西城　篁次（にししろ　こうじ）

本　名：最上　功万（もがみ　のりかつ）
出身地：北海道苫小牧市
年　齢：六十二歳
略　歴：東京学芸大学卒業
　　　　東京都公立小学校勤務
　　　　三十年勤務後退職
　　　　以後投稿活動

暁（あかつき）の瞬光（しゅんこう）

2024年9月1日　第1刷発行

著　者 — 西城（にししろ）　篁次（こうじ）

発行者 — 佐藤　聡

発行所 — 株式会社 郁朋社（いくほうしゃ）

〒101-0061　東京都千代田区神田三崎町 2-20-4
電　話　03（3234）8923（代表）
ＦＡＸ　03（3234）3948
振　替　00160-5-100328

印刷・製本 — 日本ハイコム株式会社

郁朋社ホームページアドレス　http://www.ikuhousha.com
この本に関するご意見・ご感想をメールでお寄せいただく際は、
comment@ikuhousha.com　までお願い致します。

 Printed in Japan　ISBN978-4-87302-819-4 C0093